異界夫婦
INU ICHI
戌一
左右社

異

界

夫

婦

【目次】

〇、序

幼い頃より自他共に認める怠け者であった私の悪癖は、大人になったからといって自然に矯正されるものではなかった。常に「がんばらなければ」という焦燥感に苛まれながら、結局何事も成さぬまま平均寿命の半分辺りを折り返してしまった。その怠け癖は美術家である自身の活動にまで悪影響を及ぼし、一時は表現意欲すら枯渇していたように思う。そうなればもはや社会不適合者の誹《そし》りも免れぬただの厄介者……であったはずの私に、数年前からある種の依頼が舞い込むようになった。

それは妻であるアーティスト、ふくしひとみに対する問い合わせ、また夫婦での媒体への出演、そして妻に関する執筆の依頼である。

歳を取るにつれ加速度的に体感時間が短くなることを考慮すると、「あれもこれもやってみたい」と終わらぬ自分探しに耽溺していても埒《らち》が明かない。ましてや怠けている暇などあろうはずもない。それならばせめて、世間の需要があることに労力を費やすべきである。そう思い立った矢先に、この本の執筆依頼を頂戴したことは僥倖《ぎょうこう》であった。まさに渡りに船、これまでご要望が多かった題材を改めて掘り起こし、また新たな項目も大幅に書き加え、「私から見た妻という人間」について腰を据えて向き合う決意を固めた。

ところでこの本のタイトルは、実は私が付けたものではない。これは編集者の方がご提案くださったのであるが、いくつか羅列された候補のうち『異界夫婦』の文字だけ太く印刷された企画書を目にしたとき、私の心に細波《さざなみ》が立つのを感じた。

それは「異界？　これが我々の自然な日常なのに？」という感情によるものであった。しかし改めて自分たちの生活を客観視し始めると、そこには少なからぬ葛藤が生じる。普段は表現純度を保つため、努めて意識しないようにしている「他者の目」という存在を認めざるを得ないからだ。これまでもインターネット上で発信を行うたびに、「変わっている」程度ならまだしも、「変人」「自分だったら無理」「似た者夫婦」「落ち着かない家」などという、否定的な含みを持つ意見が散見された。その多くはインターネット特有の現実感覚の希薄さや、他者を慮《おもんぱか》る想像力の欠如が生んだ、未熟がゆえの軽口の類であろう。しかし、たとえそこに自覚的悪意がなくとも、発信者側からすると決して好ましい反応ではない。ただそういった感想から想像しうるに、観察者の目を通して見た我々の生活は、あまり一般的ではないということだけは確かなようだ。

では、どう一般的ではないのか。自覚できている具体例を挙げていくと、まず表現活動を生業《なりわい》としている我々夫婦の居住空間には、普通の家庭には存在し得ない「モノ」がたくさん存在する。例えば、妻が創作した何体ものオリジナルキャラクターの等身大マネキン、廊下には数体のカカシ、そして必要に応じて少しずつ買い足した人体骨格は合計八体にも上り、それらの全てに人格のようなものを付与している。生身の人間は私と妻だけであるにもかかわらず、主観としては大所帯で暮らしている感覚に近い。またダイニングには教室サイズの黒板、学校用の机と椅子が数セット据えられ、小規模ながら「学校」の体を成している。そして廊下部分はなぜか、家の中とは思えないほど大量のネオンに彩られ、その「屋内ネオン街」は日々拡張を続けている。幼い頃フィクションの中で目にしたような、あまりにも典型的な「アーティストの家」といった様相を呈しており、解説し始めると少し気恥ずかしくすらある。

また生活スタイルに関してはどうだろうか。妻はライブを行ったり、ダンススタジオを運営したり、オリジナル商品をデザインして販売したりと、いわゆる「アーティスト」として活動している。そんな日常において妻が最も時間を割いているのは、楽器や踊りの練習、そして新たな演目の開発と研究なのだが、定期的にフクロウやタヌキの格好で歌ったり踊ったりする儀式も、決して怠ることはない。それでは私の仕事はというと、妻のマネージメントとプロモーション、そして美術、衣装、経理を含む雑用の全てであるが、妻の周りをちょろちょろと動き回り、事あるごとに妻を撮影することも業務に含まれる。妻が歩くと小走りで先回りし、歩く妻の姿を写真や動画に収める。そして妻がパフォーマンスを行う際はもちろんこれを撮影編集し、各SNSにアップロードしてその表現活動の拡散に努める……といった日々を送っている。

まあどう見ても一般的な生活ではない。家というハード面、行動というソフト面、どちらから見ても我が家は「異界」であるという評価に甘んじる他はないのかもしれない。しかし我々は決して、奇を衒《てら》ってアーティスティックな雰囲気の内装を作り上げ、エキセントリックな態度で生活しているわけではなく、全ての行動選択において自分たちの必然性を追求した結果が、この他者から見ると「珍妙」な生活スタイルなのである。とはいえこの「異界」に棲む「珍獣」である我々の日常は、世人をしてその好奇心を刺激せしむるようで、「見たい人がいるのなら大いに見せよう」という姿勢に至って久しいというのが現状である。そもそも表現活動は人に見てもらわなくては始まらないので、我々と観察者は誠に利害が一致している関係性であるともいえる。それらを考慮すると、この読者側に立った『異界夫婦』というタイトルは言い得て妙であり、商業的にも非常に適切であると認めざるを得ない。こういった思考過程を経て、さすがは編集のプロであるという結論に至った。もはや何の異論もないどころか、『異界夫婦』というタイトルを今では大変好ましくすら思っている。

希望的観測になってしまうが、もしかすると従来からの応援者だけではなく、初見の方もこの本を手に取ってくださるようになるかもしれない。幸いにしてそうなったときのために、形式的ではあるが、冒頭に私と妻の略歴を記させていただきたい。

著者・戌一（いぬいち）

美術家／日本どうぶつの会代表

・東京都生まれ香川県育ち。
・幼少期より医学部を志し地元の進学校に通っていたが、諸事情により退学処分を受ける。
・大学入学資格検定（今でいう高卒認定試験）に合格。しかし医学部進学への熱意を失う。
・妖怪好きが高じて大学の文学部史学科に進学するが、在学中は格闘技や武道に傾倒する。
・大学卒業後「妖怪絵師」として活動を開始するが生活が成り立たず、飲食のアルバイトに励む。
・後の妻（師）ふくしひとみと出会って意気投合。程なくその活動と生活を共にするようになる。
・ふくしと二人で「日本どうぶつの会」を立ち上げ、「どうぶつ」を題材にした表現活動を行う。

・しかし表現活動だけでは生計を立てられず、何年も「狐面」を作って売り歩き生活の糧とする。
・妻に神性を見出し帰依。妻の一番弟子となり、以降はマネージメントとプロモーションを担当。
・現在は妻のライブにおける美術と衣装も手掛けている。
・またペットシッター及びパピーティーチャーそして愛玩動物飼養管理士の資格を取得しているが、一度も実務を行わず今に至る。

妻・ふくしひとみ

ピアニスト／ダンスアーティスト／イラストレーター／ヨガインストラクター／ラッパー

・東北の山間部で、動物に囲まれて育つ。
・幼い頃よりクラシックピアノを学び「十年に一度の逸材」と呼ばれ将来を嘱望されるも、絵本表現への興味から、大学は英文学科に進学。在学中にカナダへ留学。
・大学卒業後、絵描きとして活動を開始し、初個展で後の夫（弟子）になる筆者と出会う。
・スペイン舞踊をはじめ、中東舞踊、中国舞踊など様々な民族舞踊を学ぶ中で、ベリーダンスのインストラクター資格を取得。
・ヨガインストラクターの資格を取得し、ヨガクラスを開催。

・現在はクラシック音楽事務所にプロピアニストとして在籍し演奏活動を行うかたわら、ダンスアーティストとしてスタジオを運営し、後進の指導にも力を注いでいる。
・同時に自身の絵や特技の書道を活かし、フリーのイラストレーターとしても活動。
・自身が研究を重ね描き上げたタロットカードのフルデッキは、プロの占い師にも愛用者が多い。

このように箇条書きにしてみると、自分で書いておきながらあれこれと思いが巡って、しばらく筆が止まってしまった。おそらく二人とも、世の親が推奨する理想的な人生設計からは、結果として大きく逸脱してしまったように思う。ただ妻が「親の理解の範疇《はんちゅう》を超え多彩に活躍するアーティスト」といった仕上がりであることに対し、私に関しては「親が存在を隠したがる恥ずべき馬鹿息子」方向ではないかと思うし、実際にそういう扱いを受け続けてきた。つまり逸脱の方向が真逆なのである。自ら得意げに提示した略歴であったが、記載内容にその違いが顕著に現れていたのだ。我が半生を振り返ると、物事の要所要所において当初の志が結果に反映されず、不本意な形に収束することが頻繁であった。うっすらと、そして常々自覚していたことではあるが、「劣ったはぐれ者」と「優れたはぐれ者」の夫婦、それが私と妻なのである。

この流れで、多くの方が違和感を抱いたであろう「妻に神性を見出し帰依」という箇所について説明しておきたいのだが、聡明な読者にはもはや説明の必要もないかもしれない。私がなぜ妻を信仰の対象にしたのか。恥も外聞もなく本音を言わせてもらえるなら、私は妻のような表現者になりたかった。幅広いジャンルにおいてプロとして活躍し、その態度は常に泰然自若として他者に執着を見せず、にもかかわらず周りに人が集まり尊敬される……私は妻のように生きたかったのだ。序文とは思えない熱量の文章になりつつあるが、最悪この章のみ読んで本を打ち捨てられても後悔がないように、一旦出し惜しみなくこのまま続けさせていただく。

まず様々な事象に興味を持つところは、私と妻の共通点である。しかしどうやら、その先の学ぶ姿勢が違ったようだ。自分が学問も武道も芸術も物にならなかった原因は何だったのか。あるときそうこぼした私に、妻はこう言った。「**やめなきゃいいんだよ。休みながらでもやめさえしなければ、自分なりの最短でいつかはできるようになる**」と。努力や継続といった月並な表現だけでは名状しがたい、たいへん含蓄《がんちく》のある言葉である。語感としては根性論のようにも聞こえるが、「継続さえすれば誰でも(たとえ才能がなくても)いずれ、必ずできるようになる」という優しさを見出すことができる。そして何より私を救ったのは、「やめなきゃよかった」ではなく「やめなきゃいい」と現在進行形であったことだ。本人にそんな意図はなかったのかもしれないが、

「今からでも何かを身に付けることができる」という希望が、私の干からびた心に一滴の潤いをもたらした。

もっと妻の言葉が聞きたい。教えを乞いたい。これを師と呼ばずしてなんと呼ぼう。それ以降の私は、妻の言動をつぶさに観察し、発言を書きとめ、姿を写真に撮り、行動を動画に収めるようになった。この言葉だけが理由の全てではないにせよ、後の章で叙述していく様々な出来事が蓄積され、私と妻は一般的な夫婦関係から師弟関係へと移行していった。そして私は妻の表現活動を、作品を、どうにかして拡散しなければという義務感に駆られるようになり、今の活動形態に至ったのである。もはや「妻の自慢がすぎる」という、ありきたりな感想は聞き飽きた。妻の言葉を借りるなら、「**夫婦は身内であっても他人だからね。パートナーのスペックで自分をかさ増ししても意味がない**」という意見に同意する。いくら自分の妻が評価を得ようが、私という人間の実質的な価値が高まるわけではない。高まるとしても「小物感」ぐらいのものだろう。それでも需要があるからには書かずにいられない。信仰する対象（妻）の言葉を伝えるという意味では、これは私にとって「聖典」の編纂作業である。全身全霊で取り組ませていただきたい。

序文の最後となるが、この本は「二匹の毒虫を同じ器に入れてみたところ、偶然毒の相性が良くて、より強い毒が生まれた」とでも喩えられそうな、まるで「蠱毒」のような我々の関係性を描いたエッセイである。事実しか書いていないにもかかわらず、なぜか現実味に乏しい。そしてタイトルに「夫婦」という単語を冠しているとはいえ、多くの夫婦や男女関係の参考になるかと問われれば、甚《はなは》だ自信がない。引き返すなら今のうちである。それでも読み進められるなら、フィクションに接するように、気軽な姿勢で読まれることが望ましい。

冒頭ということで注意書き的な意味合いも多かったったため、少し堅苦しくなってしまったかもしれない。以降は各題材に沿って、インターネット上では語れなかった自身の考察なども交えながら、妻について綴っていきたいと思う。

しかし近年は自ら望んで裏方に徹していた私であるが、捨て去ったはずの表現欲が、他者の紹介という形で発露するとは……人生何が起こるか分からないものである。

一、異

二人の暮らし

収集癖の私と、多重獣格の妻

◎トイレットペーパーの芯

ある日突然某テレビ局から、妻ではなく私に、バラエティー番組への出演依頼が寄せられた。一瞬「裏方の私に一体何の用だろう?」と訝《いぶか》ったが「トイレットペーパーの芯の件で……」という言葉を聞いて、すぐに状況を理解した。私のとある収集癖に白羽の矢が立ったようだ。

実は私は十年以上にわたり、使い切ったトイレットペーパーの芯を、トイレの壁面に積み重ね続けてきたのである。そしてその写真をSNSに投稿したところ予想以上の反響があり、番組のディレクターが一連の拡散をご覧になったという経緯があったらしい。しかし話題になったとはいえ、どうしても「テレビで取り上げるほどのことか?」としか思えなかったので、ご依頼の真意を探るべく番組ホームページを見てみると「独特の世界観を持って生きるこだわりの人たちを招き(中略)展開するトークバラエティー」というコンセプトが目に入った。その文言を目にした私は「自分なんかで大丈夫だろうか？　視聴者を失望させはしないだろうか？」という不安に苛まれることとなった。

伝わりやすいように「収集癖」という言葉を使ったが、厳密にいうならば、私はトイレットペーパーの芯など「集めて」はいない。捨てずに積み上げ続けたら壁が埋まってしまったという、ただの結果があるだけである。同様にキッチンには約二十年分の豆腐の空きパックが天井近くまで積み上がっているし、玄関の巨大な傘立てには数百本のビニール傘が突き刺さっている。家族や知人の反応から察するに、これらが一般的な行動ではないという自覚はあるのだが、それでもこの行動選択の根底には明確な主張がある。それは「あるべき場所にあるべき物を配置する」という、インテリアにおけるただの独自ルールである。

例えば建物内の壁面に絵画が飾られている光景をよく目にするが、私が同じことを試みるなら、どうしてもその絵に必然性を求めてしまうだろう。しかし多くの場合ただなんとなく飾っているだけで、家主にその絵の説明を求めても「この絵？　なんだっけ？」などという曖昧な答えが返ってくることが多い。その点、豆腐パックを積み上げるならキッチンが適切だし、傘は大体玄関にあるものだ。そしてトイレットペーパーはトイレに置く以外の選択肢を持ちようがない。なるほど、文字にすると番組が掲げる「独特の世界観を持って生きるこだわりの人」のように見えるのかもしれない。しかし自身に何の関係もない絵を家の目立つ場所に飾る方が、私にとってはよほどの奇行であり、独特の世界観を持っているように感じてしまうのである。その点私がやっていることには必然性しかない。

つまり私はただ普通に暮らしているだけなのに、そんな普通の人間がバラエティー番組なんかに出てしまったら、結果的に「出たがりのつまらないやつ」という消えない烙印を押されることになってしまうのではないか。そんなマイナス思考に囚われた私は、今回も我が心の拠り所たるお妻様に相談する運びとなった。すると妻はこともなげにこう言い放ったのである。**「出てほしいって言ってきてるんだから出てあげればいいんじゃない。向こうはプロなんだから、たとえつまらない人間でもおもしろく仕上げてくれるよ」**と。そうだった。こちらがお願いして出してもらっているわけではなかった。私は話が大きくなるとすぐに萎縮してしまうのである。まさに小物ここに極まれり。ただ「つまらない人間でも」の部分が少し気にはなったが、そのときは心に余裕がなかったので受け流した。

ところで「私はその番組に出たいのか」というそもそもの部分を説明すると、「正直テレビには出たくないが、目的のためには出たほうがいいのではないか」と考えて

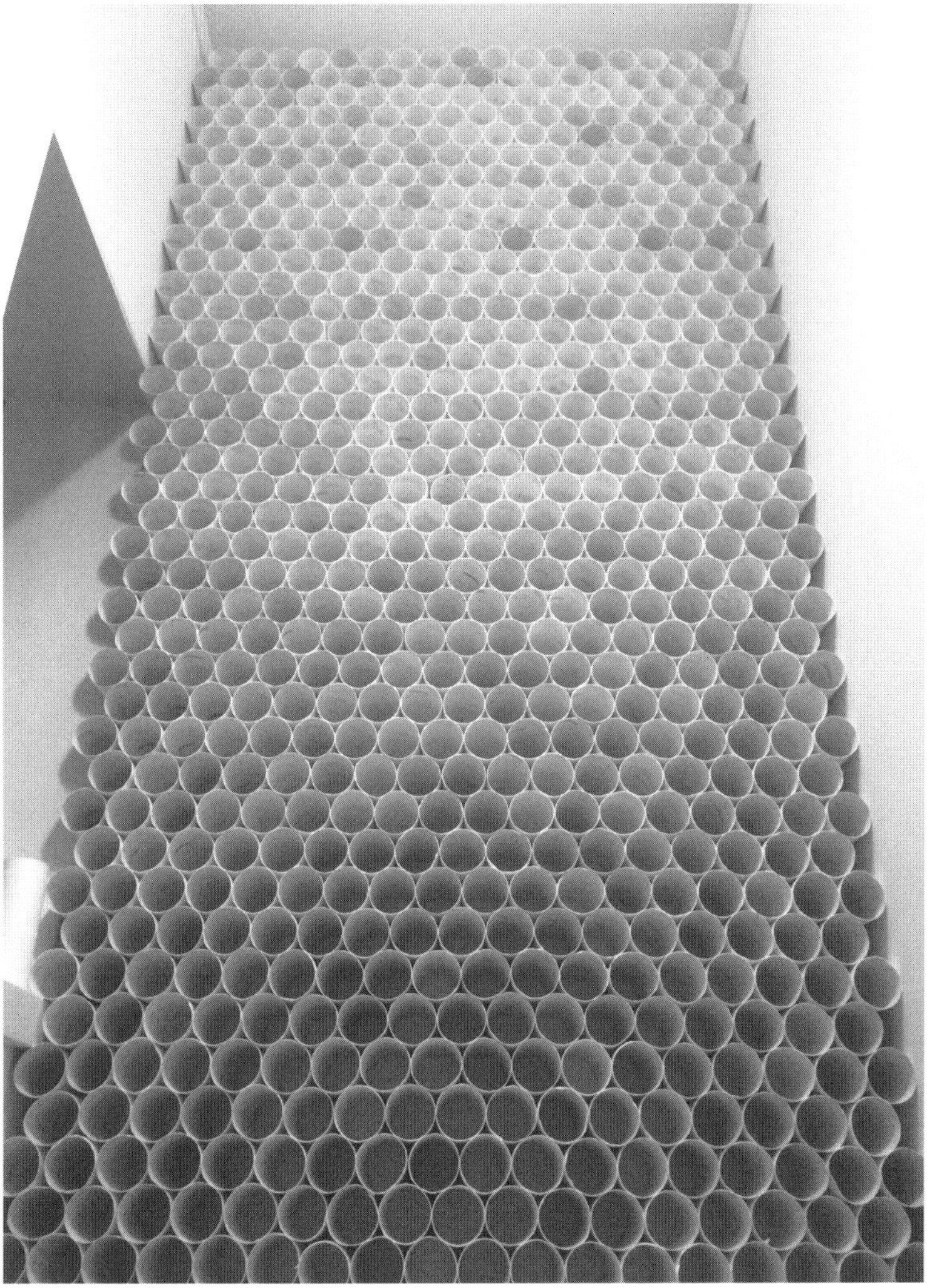

収集したトイレットペーパーの芯。

いた。私の一番の使命「妻の表現の拡散」のためには、手段なんか何だっていい。なりふりなんか構っていられないというのが本音である。私がテレビに出て、間接的にでも妻の活動にスポットが当たれば、それは二人にとって大きな進歩であろう。それならばやるしかない。妻の言葉に背中を押された私は、そこからさらに数日間の熟考期間を経て、なんとか出演を了承する旨の返事を送ることができた。

◎妻の変化《へんげ》について

そこからはとんとん拍子に話が進み、すぐに打ち合わせの日を迎えた。妻と一緒にである。己の不安がゆえに保護者（妻）の影に隠れて臨んだわけではない。コンセプトが「パートナーの収集癖に困っている夫婦」のような内容であったため、番組制作側からのご要望で二人揃って赴いたのである。まさに渡りに船。願ったり叶ったりだ。妻を衆目に触れさせることができる。その日はスタッフとの顔合わせと概要の説明を受け、数日後、撮影スタッフが我が家へ取材に訪れることとなった。そして取材当日、トイレットペーパーの芯よりインパクトの強い「異物」が散乱している我が家である。おのずと妻が愛用しているフクロウの頭部、壁に下げられたタヌキの衣装、そして大量の骨格模型などが目に入り、「あれ？　奥さんのほうがやばくないか？」という流れになったのは自然な成り行きであった。

ここでちょうどフクロウやタヌキの話になったので、妻が普段どのような表現活動を行っているのか、妻が主に変化する二体のキャラクターと、その活動に至った経緯について述懐していきたい。

①ほくろう

十年以上前、妻と一緒に観ていたある映画のワンシーンに真っ白いフクロウが映ったとき、私が「なんか妻ってフクロウに似てない？　いや、ホクロがあるからフクロウというよりはホクロウかな」と言ってからかったことが、事の発端だったと記憶している。当時は弟子入り前であったため、妻に対してそのような軽口が叩けたのだろう。しかし妻は私の軽口など意に介する様子もなく、しかし何か思い付いたようで「**フクロウになりたいから頭を作って**」と突然無茶な要求をぶつけてきた。

当時私はいろんなお面を作って売り歩いていたのだが、さすがにフクロウの頭は作ったことがなかったので、一旦外部の作家さんにお願いして「ほくろうヘッド一式」を作ってもらうことにした。しかし完成品はかぶり物というより着ぐるみに近いサイズで、それをかぶって動き回るには不具合があったため、仕方なく私が手探りで「ほ

なぜかキッチンに立つほくろう。

くろうヘッド二式」の制作に取り掛かることになった。結果、今見ると粗も多いが、絶妙に味のある頭部が仕上がったように思う。しかしその「ほくろうヘッド二式」はずっと着用される機会がなく、いつの間にか私もその存在を忘れて過ごしていた。

そして時は流れ、ある年のバレンタインデーのこと。妻は唐突に真っ白いフクロウの格好で私の目の前に現れ、「**チョコを準備できなかった代わりに踊るから撮れ**」と言って踊り始めた。私は自分のメリットが見当たらないことに不信感を抱きながらも、その姿をスマートフォンに収めたのであった。

そして一か月後、急にその日がホワイトデーであったことを思い出した私は、急いでスーパーでお菓子を買って妻に渡したところ、また我が家に白フクロウが出現したのである。白フクロウはスプーンとフォークを打ち鳴らしながら「ネズミがたべたい」というオリジナルソングを歌い始めた。ネズミとはすなわちフクロウの好物である。つまり、スーパーのお菓子で手軽に済ませようとした私に対する、強い抗議であると私は解釈した。そのシンプルな歌詞から何を読み取るかは人それぞれであるが、一応皆様にも歌詞と楽譜をご覧いただこう。

ネズミがたべたい　作詞作曲／ほくろう

ネズミがたべたい　ネズミがたべたい
ネズミがたべたい　ネズミがたべたい
ネズミ……ネズミ……ネズミ……ネズミ……
ネズミがたべたい

I wanna eat a mouse. I wanna eat mice.
I wanna eat a mouse. I wanna eat mice.
mouse……mice……mouse……mice……
I wanna eat a mouse.

ネズミがたべたい　ネズミがたべたい
ネズミがたべたい　ネズミがたべたい
ネズミ……ネズミ……ネズミ……ネズミ……
ネズミがたべたい

すべてネズミについて書かれた曲の楽譜。

それ以降妻は、定期的に白フクロウの格好で踊ったり、ネズミの歌を作詞作曲して私に披露するようになった。現在はアルバムを二枚制作しているほか、定期的に自主企画ライブに「ほくろう」名義で出演している。ちなみに「ほくろう」の最新の紹介文はこうである。

ほくろうは白いフクロウの女の子。
チャームポイントはほっぺのホクロ。
音楽とダンスとネズミが好き。

②たぬ房きよ美

いつだったか、知人が主宰するイベントに参加したときの話。そのイベントのドレスコードが「動物」だったので、妻は茶色いモコモコの耳付きパジャマを購入し、北海道からサケの形をしたポーチを取り寄せ、クマに扮する準備を整えていた。しかしいざ当日、小柄な妻は到底クマには見えなかったようで、多くの人に「カワウソですか？」と声を掛けられていた。そう言われると私まで、妻が「サケを持ったヒグマ」ではなく「小魚を持ったコツメカワウソ」にしか見えなくなってしまった。参加前は「**みんな怖がるかな？　ちょっと怖すぎるかな？**」などと心配していた妻であったが、畏怖の対象どころか愛玩動物のような扱いを受けてしまい、すっかり意気消沈して帰途に就くこととなった。

そんな私にとっては可愛らしい思い出、そして妻にとっては不本意な記憶から、時を経ることわずか数日後のこと。妻はあの日のクマのベースはそのままに、目の周りを黒く塗り、首に笠を掛け、腹にタンバリンを装着し、腰には蓑のような物まで巻いた姿で、私の目の前に現れた。それは日本人の心に刷り込まれている、紛うことなき「信楽焼の狸」を擬人化した姿であった。あの日の無念からだろうか、目には静かな怒りをたたえ、その真意を読み取ることはできなかった。私はやっとの思いで「あの……それは？」という質問を絞り出したところ、妻はただ「**タヌフサキヨミ**」とだけ答えた。私はその単語を理解できず「たぬ譜？　先読み？　どういう意味？」などと発したような記憶があるが、後から聞くとそれはタヌキの名前で「たぬ房きよ美」と表記するらしい。そしてこのタヌキもやはり踊りを披露してくれるらしい。

目の前で無表情のタヌキが酒瓶を叩きながらベリーダンス風の何かを踊っている。それはコントのようにも見えたし、見知らぬ土地の神事のようでもあった。笑っていいものか、深刻に受け止めなければならないのか判別が付かなかったので、一旦動画に収めて後で考えることにした。しかし後から見返すと何回見てもおもしろかったので、タヌキに許可を得てSNSにアップしてみたところ……私以外の人間にとってもやはりおもしろかったようで、その動画は瞬く間に拡散された。すると前述したテレビ局とは別の局から取材を受け、タヌキ妻の動画はその日のうちに、夕方の情報番組で紹介されることとなった。

それ以降も「たぬ房きよ美」は定期的に、新たな踊りの要素を取り入れた様々なパフォーマンスを披露してくれた。ときにはタップシューズを履いて「**タヌップ**」を、またあるときはバラの花を口にくわえて「**タヌメンコ**」を……といった具合である。そして近年に至っては、妻が作詞作曲した「方言ラップ」をライブで歌うようになった。それでは「たぬ房きよ美」の紹介文もご覧いただきたい。

たぬ房きよ美はふくしひとみの家の近くに住んでいるタヌキ。
本当はもっと踊りたいが、踊るのが得意なキツネたちに、
いつも腹鼓を担当させられるので不満を抱いている。
ふくしひとみの「方言ラップ」を盗み聞きして覚えた。

たぬ房きよ美。

◎妻の表現への著しいこだわり

外から見れば、まさに文字通りの自作自演。夫婦間で盛り上がったネタを外に拡散し、たまたまそれが世間に受けたので、味を占めてやり続けているように思われるかもしれない。しかし実は妻には、そういった承認欲求の類は一切見られないのである。少なくとも私は感じ取ることができない。それでは何のためにこんなことをやっているのかというと、それは「**新たな表現の模索**」に他ならないと妻は言う。重ねて本人の言を借りるなら、「**この感情は演奏、この感情は歌、この感情は踊りと、感情の種類によってアウトプットの方法が異なる**」そうである。そして歌を歌う場合、妻自身が人間の姿で行うとどうもしっくりこないらしく、「**歌うならフクロウで、ラップをやるならタヌキ**」ということになるらしい。また「**他に方法がないから仕方なくやっている**」と苦しそうにつぶやいていたこともあった。つまり先にお伝えした私の収集における「必然性」と同じく、妻の変わった表現にも「必然性」があるということである。ただ私の気楽なライフワークとは違って、妻に関しては残念ながら、その偏りが自身を苦しめるほどこだわりが強いのである。

話を番組出演に戻そう。結果から申し上げると「夫の妙な収集癖に妻が迷惑しているのかと思いきや、妻は妻で変わった表現者だった」というふうに取り上げてくださった。おそらく私以上に妻に注目が集まり、私としては大満足の結果であった。もちろん事実とも一切相違がない。取材前はテレビという媒体に懐疑心すら忍ばせていたものであったが、スタッフの取材態度も非常に丁寧であり、その真摯な姿勢も最終的に出演を決定する一押しとなったことを付け加えておきたい。

そしてスタジオ収録本番に関しても私の無用な警戒心をよそに、ふだんは辛口な印象のタレントたちも皆優しく、不慣れな我々を気遣ってくださる姿勢を感じ取ることができた。言ってしまえば番組をおもしろく仕上げることが彼らの評価に直結するので、当たり前といえば当たり前の態度ではある。しかしそれでも、捉え所のない我々夫婦から、一般受けするよう会話を引き出す手腕は見事であった。気難しい妻も「**売れ続けている人たちは一味違うね**」と感心していたほどである。

そんなこんなで無事終えることができたバラエティー番組出演であったが、私は「こういう場所は最初で最後かな」と感じていた。「世間の人気者」というものを目指すのではなく、我々には「表現の追求」のほうが性に合っているという確信があったし、妻とも常々そのように話し合ってきたからだ。すると妻が「**また来たいね**」と意外なことを言うので一瞬耳を疑ったが、楽屋で食べた弁当のイワシが口に合ったらしく、どうやらそれをまた食べたいということらしかった。私はあの日の「小魚を持ったコツメカワウソ」の姿を思い出していた。

野生生物からの置き土産

◎動物たちの来訪

妻と暮らし始めた瞬間、私の平穏な日常は崩壊し、そして何かが始まった。なぜか人間との交友が激減し、代わりに家の周りに動物たちが集まるようになった。郊外とはいえ東京都内、野生動物などごく稀にしか目にしなかったものだが、月に何度もタヌキやイタチなどが訪ねてくるようになったのである。そしてそれまで心霊体験など皆無で、かつその存在に懐疑的ですらあった私をして宗旨替えせしめるほどの、あからさまな怪現象が顕現するようになったのである。

しかし「訪ねてくる」とはいっても、さすがに玄関のチャイムを鳴らすわけではないし、ましてや昔話のようにヒトに化けて来訪するわけでもない。ただこれまで一度もなかったネコの喧嘩が敷地内で頻発したり、庭先で数匹の大きなイタチが暴れ回ったり、玄関前でタヌキの夫婦が座してこちらを眺めていたり……些細ではあるが、このような出来事が日常化してしまったのである。そしてあまり現実的な発想ではないかもしれないが「妻が呼び寄せているのか？」と疑わざるを得ないほど、妻との同居開始と時を同じくして、この変化は訪れたのであった。

◎妻とタヌキに化かされる

ある夜の話。出先から車で帰途に就いているとき、何かがふわっと目の前を横切り、車体前方に小さな衝撃を感じた。「あれっ？ 今の袋？ いや……動物？ 轢《ひ》いてないよな？」と私がつぶやくと、妻は無表情で「**一緒に確認してほしいなら付き合うよ**」と答えた。私は「なんだこの反応？」と思いながらもUターンして停車し、その周辺から車の下まで調べてみたのだが、動物の死骸はおろか血液や体毛などの痕跡すら見当たらなかった。妻は「**それはそれで妙だな……**」と訝《いぶか》しがった後、「**家の前にいるかもね**」と不可解なことを口にした。動物にせよ動物でないにせよ、ここから何キロも離れた我が家に「いるかも」とは。一体何がいるというのだろう。しかしその場に留まっていても仕方がないので、とりあえず自宅に向かうことにした。

そして家から少し離れた駐車場に車を置いて徒歩で坂道を下っていくと、自宅の門の前に、何やら黒くてもぞもぞと動く塊が見えた。私は背筋がぞくぞくするのを感じながら「なんで？　ほんまに？　うそやろ？」などと漏らしていたような気がする。妻は「**タヌキだね。やっぱりいたね**」と落ち着いた様子。仮に私の車の前に現れた物体がそのタヌキであったとして、車より早く我が家に到着できるはずがない。もしそのタヌキがいわゆる霊体か何かだったとしても、行動の意図を理解しかねる。そしてタヌキの行動を予言するに至った妻の思考回路も理解不能である。いろいろ怖いが何が怖いのかよく分からない。言ってしまえば全てが怖い。霊的存在も、タヌキも、そして妻も。

混乱の極地にあった私は、情けないことに「どうする⁉」と、その不気味な状態の妻に指示を仰ぐ他はなかった。すると事も無げに「**とりあえずついていってみるか**」という妻。逸らしていた目をタヌキに戻すと、タヌキはどこかに向かって歩き始めていた。黙ってすたすたと付いていく妻。「何これ？　昔話？　これからどうなるの？」と落ち着かぬまま後を追う私。

そしてどうなったかというと、何も起こらなかった。程なくそのタヌキは側溝に姿を消し、追跡は中断されたのだった。まさに「タヌキに化かされた」ような気分だった。

◎人ならざるものの側へ

しかしこのとき、ずっと気になっていたのは妻の態度である。どうしてもこちら（人間）側というよりは、あちら（動物）側に与《くみ》する態度のように感じてしまった。序文における妻の紹介文に思い至った方がいるかもしれないが、妻はウマ、ヤギ、イヌ、ネコ、ニワトリなど、多数の動物を飼養する環境で育った。同じ田舎とはいえただの住宅街で育った私よりはるかに、妻は動物たちを身近に感じて生きてきたということである。また周囲を山々に囲まれたその環境下では、クマやシカを害獣として駆除し、それらの肉を口にすることも頻繁であったという。そういった経験のせいだろうか、妻は動物たちの生態を熟知し、そしてその情緒をも過剰に慮《おもんぱか》るのである。

例えば私が妻の実家の猫に対して「前より太った？」などと口にしようものなら「**しっ！　聞こえるよ！**」と、猫に対する気遣いすら過剰なのである。しかし妻にそう言われて猫の顔を見ると、横目で私を見ながら本当に悲しそうな顔をしていて、妻を介して猫と意思の疎通を図れたような錯覚に陥る。また私が犬を抱っこしたりこねくり回したりしていると、妻は決まってこう言うのである。「**小さくてかわいくてもオトナだからね。赤ちゃん扱いしてはいけない**」と。

人間の庇護のもと暮らしている愛玩動物に対してさえ、この意思の尊重度合いである。いわんや自らの意思で生きざるを得ない、野生動物においてをや。妻と動物たちは何かが繋がっているように感じるが、私はどちらとも繋がれている自信はない。そして動物に向き合う妻は、一体何を考えているのかちっとも理解できない。私はあくまでただの傍観者なのである。それでは話を、我々とタヌキの関わりに戻そう。

しばらく経ったある年の元旦、家の門を出ると白い影が。

私「おっ？　ネコか？」
妻「タヌキだ」
私「えっ？　白くない？」
妻「タヌキだ」

よく見ると本当にタヌキだった。それも真っ白い被毛に覆われたタヌキである。しかし正月に白いタヌキが現れるなんて、今回は不気味さよりも、ある種の「めでたさ」のようなものが感じられた。瑞兆（めでたい物事の予兆）、瑞獣（瑞兆として姿を現すとされる動物）という、何かの本で覚えた言葉が頭をよぎっていた。しばらく落ち着いた様子でこちらを眺めていた白タヌキであったが、程なく踵《きびす》を返して茂みに姿を消した。そしてその日以来、何度も同じタヌキを見掛けるようになったのだが、いつもこちらをじっと見詰めた後、毎回落ち着いた様子で立ち去るのであった。

そしてそれほど時を経ずして、たまたま立ち寄ったある古道具屋で、前述のタヌキにそっくりな剥製《はくせい》に出会った。

私「これって……」

妻「いた」

妻は迷わずその真っ白いタヌキの剥製を購入し、自宅の神棚の下に祀った。今では「しろちゃん」として我が家の御神体になっている。それ以降、真っ白いタヌキとは一度も外で会っていない。

妻と暮らし始めて急増した動物関連のエピソードの中から、タヌキにまつわるものに絞って取り上げてみた。もちろんこれらの話はすべて実話であるが、一件ずつ振り返ってみると、実は不思議なことなど何も起こっていない。全て偶然起こり得る出来事であるし、私が勝手に因果関係を含ませて語っているという見方もできるかもしれない。しかし妻のその悠然と構えた態度には、何やら自分まで神話めいた物語の中にいるように感じさせるものがある。いつも右往左往することしかできない私は、今日も何者かの手によって玄関に並べられたどんぐりを眺めながら、この違和感のある生活を楽しんでいる。

謎の置き土産（どんぐり）。

妻は飲み友達

「お二人はとても仲がいいですね」「奥さんのことが本当に大好きなんですね」などと言われる機会が多いが、そのたびに私は自分と妻の性別が男と女であったことを久々に思い出し、毎回新鮮に驚いてしまう。私と妻は出会ってすぐ一緒に仕事をするようになったので、男女というよりは仕事仲間であるという認識でいる期間がその大半であった。そして今まで一度も公にお伝えしたことはなかったのだが、実は我々は役所に婚姻届というものを提出していない。当初お互いの周囲が全く我々の同居に賛同してくれなかったことと、我々自身が法的な届出に意味を見出せなかったことがその理由である。ただ緊急時に不具合があると困るので、住民票の互いの続柄を「夫（未届）」や「妻（未届）」に変更しただけの内縁関係、いわゆる事実婚状態なのである。

こうなると名実ともに夫婦とは言いがたいかもしれないが、それならばなぜ、パートナーであり仕事仲間、また師でもある人間を「妻」と呼ぶようになったのかというと、まず我々の関係性が他者に伝わりにくいということが発端であった。表現を見てもらうためにはきっかけが大切で、唐突に無名の表現者が「こんなにすばらしい音楽を作ったので聴いてください」と発信したところで、誰も目を向けてはくれない。「誰?」という印象で留まってしまい、見るまでに至らないのである。ということは、普遍的な呼称「妻」を用いることによって「ああ、この人の奥さんがこんなことをやっているのか」と受け入れられるのではないか。そう期待して実行に移したところ、試みが功を奏したのか定かではないが、少しずつ妻の表現が拡散されるようになった。こうして我々の中で「妻」呼びが定着し、自他共に我々は夫婦であるという認識に至ることができたのである。

おそらくこの本に最も多く印刷される漢字であろう「妻」という単語は、私があまりに「ツマ」という音を発し続けたせいで、もはや私自身がその普遍的な意味を見失ってしまっているほどである。しかし今となってはもう「妻」という言葉自体の意味などどうでもいいし、私にとって「妻」といえば「ふくしひとみ」でしかない。というわけで、今後も袂《たもと》を分かたぬかぎり、私は「ふくしひとみ」に対しては「妻」そして我々の関係性においては「夫婦」という言葉を使用してゆくつもりである。

しかし対外的なことではなく本質的な話をすると、「夫婦」以外の言葉で我々の関係性をより適切に言い表すものがあるのかと問われたなら、すぐにある言葉が思い当たる。先に挙げた「仕事仲間」より核心に迫った言葉、それは「飲み友達」である。

◎妻と初めての酒席

時を遡ること十余年、私と妻が出会って程なく、我が家で酒席を設けたときの話である。妻が酒を嗜《たしな》むという話は聞き及んでいたので、ある程度の量と種類の酒を買い込む準備を、私は怠らなかった。とはいえ小柄な女性のためにビールケースを取り寄せるほどの選択肢には思い至らず、五〇〇ミリリットルの缶ビールが六本セットになったものと、常備していた蒸留酒のストックを買い足したぐらいであったが、その備えは十分ではなかった。今より心身共に若かった当時の私は、本来酒に弱い体質ながらも体力に頼った向こう見ずな飲み方をしていた。しかしそれをはるかに上回る妻のペースに、まずは驚かされることになった。結果的に合計三リットルのビールは、食前酒の役割すら果たさなかった。仕方がないので買い置きの蒸留酒を開け、私がジン、妻がウォッカを、それぞれが自分のペースで飲み続けるという流れになった。別に飲み比べをしていたわけではなかったし、どちらかがどちらかを打ち負かそうとしていたわけでもなかった。ただ楽しくて杯を進めるうち、私はボトルの半分ほどに至ったところで意識を失った。

はっと気が付くとそれほど時間は経っていなかったが、ひとりでウォッカのボトルを空にした妻が、静かにこちらを眺めていた。私が目を覚ますのを待っていたのである。そして**「昨日あまり寝てなかったんですか？」**と聞かれたことが、その日二度目の驚きであった。酒量の常識が違う。妻という人間は、人がこの程度のアルコールで酔うなど想像だにしておらず、私が睡眠不足もしくは体調不良で居眠りをしてしまったと思い込んでいるようなのであった。

◎下戸の私、酒の申し子の妻

そもそも我が家は下戸《げこ》の家系である。例えば母方の祖父は、誰かの結婚式で普段は飲まない乾杯のグラスに誤って口を付けてしまっただけで、目眩を起こしてひっくり返るほどの真性の下戸であった。そして家族はおろか、親類縁者が集まっても酒を飲む人間は極々一部であり、幼い頃の私の周りでは「酒＝毒」のような雰囲気が醸成されていた。しかしそれは一般的ではなくやや偏った環境であるという認識に至ったのは、同年代の人間が酒に興味を持ち始めた頃だった。思春期の精神状態も多分に発揮され、私は酒という存在から逃げ続けることを良しとせず、積極的にその受容と理解に努めた。体質的に合わないのなら、より慎重に向き合わなければならない。原料、産地、製法などを知り、外堀から埋めていく姿勢で臨んだ。しかし実際酒類を口にすると一口で顔が真っ赤になり、グラス一杯で呼吸が乱れ、数杯飲むと眠ってしまうという自身の体質に「やはり遺伝は覆せないのか」と暗澹《あんたん》たる気持ちになったものである。しかし私はそれでも、一口で昏倒してしまう祖父ほどの下戸エリートではなかったのだろう。「飲めるけど好んでは飲まない」ぐらいの他の家族の血で薄められたのか、いつごろからか「弱いけど飲めなくはない」ほどには仕上がっていた。しかし酒との付き合い方がその程度で留まっておけば良かったものの、私は酒に弱いがゆえに即座に訪れる、「酩酊《めいてい》」の虜となってしまったのである。

当時の私は人とうまくコミュニケーションが取れないというストレスに耐えられず、酒席では常に「酩酊」を求めていた。自分が伝えたいことが全く他者に伝わらなかった。また同様に他者の言っていることに全く共感できなかった。そのため常時、私は努めてその場で最も愚かな人間になろうと心掛けた。先天的に酒に弱く即座に酔っ払える私にとって、それは容易なことだった。人生における他の目標は些細なことでも達成できないのに、たいして望んでもいないその願望は容易に叶えられ、酒席の私は常に愚かに振る舞うことができた。その姿勢は次第にエスカレートし、不安が頭をよぎると即座に脳をアルコールで痺れさせ、求められてもいないサービス精神を無駄に発揮した。道化を演じ続けたのである。その結果、私は常に他者から不本意な扱いを受けるという、自業自得のジレンマに陥っていた。「でも自分でそう仕向けたのだから仕方がない」と自らを納得させ、そしてより酒量が増えるという、完全な負の螺旋に身を任せていたのが私の二十代だった。しかし、そんな何も得られぬ長き私の思春期に、ついに終止符を打つ者が現れた。「酒の申し子」たる、妻であった。

しばしの睡眠から覚醒した私は、からからに乾いた口をそっと開き、「寝ちゃってすみません。しかしずいぶんお酒強いんですね。全く眠くならないんですか？」と妻に尋ねた。すると妻は「**眠くなったら寝ますけど、おいしいから飲み続けています**」と答えた。私と妻は歳が八歳ほど離れており、今でこそ相対的な歳の差は縮まったものの、当時はずいぶんと自分より若く感じたものだ。それほどの若年にして「おいしいから飲み続けている」という境地に至れるなんて。思い返せば、それまでの私の酒に対する姿勢は、決して真摯《しんし》なものではなかった。私も心から味がおいしいと思える酒の飲み方をしてくれればよかったと、ひたすら我が身を恥じた。下戸家族を反面教師とした背伸びから、間違った方向に進んでいたのではないか。それならただの下戸であったほうがよほどましであったはずだ。酔いが覚めきらぬ鈍い頭で、そんな思索に耽《ふけ》っていた私であったが、ふと感じた妻の視線で我に返った。ややこしいので一貫して「妻」と表記してはいるが、このときはまだ妻と出会ってそれほど時間が経っておらず、もちろん一緒に暮らし始めてもいなかった。そんな状況で目の前の女性（妻）が、なにやら物欲しそうにこちらをじっと眺めていたのである。私はアルコールではなくアドレナリンで心拍数が高まるのを感じながらも、勇気を出して「……なんですか？」と聞くと、返ってきた答えはこうであった。

「あの……もう飲まないんだったら、そのジンも味見していいですか？」

なぜ妻は、あんなに小さな身体で大量の酒を飲んでも平気なのか。その後十年以上妻を観察し続け、また本人から話を聞き、気付いたことを述べさせていただきたい。

まず体質について。昔どこかで遺伝子研究に関するコラムを読んだことがあるのだが、私の出身県における「酒に強い遺伝子タイプ」の割合は全体の約二分の一ほどであることに対し、妻の出身県のそれは全体の三分の二ほどに達していた。同じ国内でこれほどの地域差があることがまず驚きであったが、その統計や飲酒時の顔色から推測しうるに、妻は酒に強い遺伝子を有している確率が高いだろう。しかしそれだけでは日本人の過半数が満たしている先天的な条件をクリアしているにすぎない。そもそも「体内にアルコール分解酵素を有している」ことは、酒好きにとっては必須の条件であるといえるが、その性質を備えた過半数の日本人が皆、妻のように大酒を飲みまくっているわけではない。では「酒に強い」とはどういうことだろう。そんなことを考えながら妻と杯を並べるうち、妻は「酒がいくらでも飲める」というより、実は「酒をいくらでも飲みたい」という状態であることに気が付いてしまった。つまり妻の酒量が多い要因は、ただ体質的に「酒に強い」というより、どちらかというと「酒が好き」という嗜好的な比重が大きいということである。ではなぜ妻がここまで酒が好きになったのかというと、それは妻の母方の祖父に言及しなければならない。

大の酒好きであったという妻の祖父は、副業として定期的に、遠方の酒蔵に日本酒を作りに赴いていたという。そして幼少期の妻は、その祖父が持ち帰った酒粕をおやつで食べていたというから、私が育った環境とはまるで真逆であったようだ。そして妻は家族の中でもこの祖父をとりわけ尊敬しており、幼い頃から自然と「**じいちゃんが好きな酒はいいものだ**」と考えるようになったというのが、本人の言である。その私にとっても義理の祖父ということになる「じいちゃん」は、残念ながら数年前に鬼籍に入られた。しかし妻は今でもおいしい酒に出会うと「**じいちゃんに飲ませたかったな！**」と、笑い顔にも泣き顔にも見える複雑な表情を浮かべながら、際限なく杯を重ねるのである。

環境や慣れによってアルコールの分解酵素が増えるはずもなく、いくら酒に慣れようが、酒に弱い者が強くなることはない。それは私という人間が身をもって実証済みである。つまり妻が酒に強い理由は、生まれつきかなり酒に強い体質であることに加え、なにより酒が大好きであるということに尽きる。

妻と寝食を共にするようになって以降、妻に倣《なら》い酩酊より味に重きを置くようになった私は、妻と一緒に外に飲みに出るようになった。しかし「こうやって人は大人になっていくのか」と安心したのも束の間、そこから私はまた、新たなフェーズに突入してしまう。妻の早いペースに引っ張られて飲みすぎてしまい、常に泥酔という醜態を晒すことになってしまったのである。それこそ以前のように酔って昏倒すればまだましなのに、なぜか脳のリミッターが外れたように元気になり、いつまでも覚醒して心が乱れ続けるのである。例えば、素面《しらふ》だと持ち上げられないほど重いブロックを担いで新宿の街を走り回った記憶などが唐突によみがえってくるので、シャワーを浴びながら呻き声とも悲鳴ともいえない音を発することが今でも頻繁なのである。あの頃の酔い方は誠に慚愧《ざんき》に堪えない。迷惑を掛けたり不快な思いをさせてしまった方には、この場を借りて心より陳謝させていただきたい。

しかし思い返すと本当に自分の精神的成長の遅さに呆れてしまうし、文章を書き始めると大体懺悔《ざんげ》のようになってしまう。とはいえ「大器晩成」という概念には程遠いため、「小器未成」という造語を用いたほうが適切かもしれない。当時仕事も稼ぎも少なかった我々は、楽しい記憶が増えるならまだしも、外で飲むたびに後悔ばかりしていては意味がないということで、徐々に内に籠《こも》るようになった。

◎我が家はネオン街

そして程なく、我々は次の飲酒形態に至る。私が所用で何日か家を空けたとき、帰宅すると何やら家の中の様子がおかしい。見ると一畳半ほどの小さな物置きから荷物が放り出され、その物置きがバーへと変貌を遂げていたのである。唐突すぎて伝わらないかもしれないので念を押させていただくが、バーとは酒を飲ませる「ＢＡＲ」のことである。酒が並べられた棚は物置の内寸にぴったりのサイズに作り付けてあり、それはとても丁寧な仕事であった。そしてカウンターとして使用している子供用キッチン玩具の奥に立ち、妻はシェーカーを振りながらこう言った。

妻「ごめん」
私「さすがに勝手に物置きを改装したことを謝るのか？（心の声）」
妻「自分のしか作ってないや。一杯飲む？」
私「すでにバーテンダーの態度やん！（心の声）」

私「あっ、じゃあこの放り出された荷物を片付けたらいただこうかな！（実際の声）」

妻「じゃあゆっくり作るね！」

という経緯で一方的に導入されたホームバーであったが、そのおかげで、以降は外で醜態を晒さずに酒を楽しめるようになった。そして注文のタイミングを合わせずお互いのペースを維持できるので、私が妻に引っ張られて飲みすぎることもほぼなくなった。

こうしてまたもや妻に導かれる形となってしまったのであるが、実はこのバーは日々拡張を続けているのである。提灯、色とりどりのライト、ネオンや電光掲示板などが少しずつ増えていって、家全体を侵食しているのである。バーの周りの通路は屋内にもかかわらず、さながら東南アジアの繁華街のような佇まいである。家屋と私の自我が、妻のホームバーに飲み込まれる日もそう遠くないのかもしれない。

我が家のネオンバー。

我々はなにで食っているのか

私がよくSNS上でいただくコメントに、「戌一さんの本業が知りたい」というものがある。また妻のダンススタジオでは私が筋力トレーニングを担当しているのだが、その生徒からも同様の質問を受けることがある。しかしいずれに対しても一度も明確に回答せず煙に巻いてきた。なぜかというと気まずいからである。まずSNSへの投稿自体仕事として行っているし、トレーニング方法を教えるというその行為も、もちろん仕事として行っている。つまり目の前で働いているにもかかわらず、私の仕事は仕事として認識されていないということになる。今改まってそれらの質問に答えるなら「これが本業だよ！」と叫ぶしかない。別で勤めをこなしながら今の業務に従事できるほど、私は器用ではない。しかし質問者のどなたにも悪意がないことは理解できる。おそらく、やりたいことだけやって（そのように見えるらしい）どうやって収入を得ているのか、多くの方が想像できないのではないだろうか。今回は我々が具体的にどんな仕事で収入を得ているのか、そして本当にやりたいことだけやっているのかについても、この場を借りてお伝えできればと思う。

まずプロの演奏家たる妻の仕事は、何より日々のピアノ練習がメインである。また最近だと「方言ラップ」というものを作詞作曲しているのだが、このようにその時々に応じて常に何らかの音源制作を行っている。そして妻はダンスインストラクターでありヨガインストラクターでもあるので、自身のスタジオで生徒さんにそれらを教えることも大切な仕事のひとつである。そして新たな演目の開発のため、他ジャンルの表現や異文化の研究にも時間を割かざるを得ない。またオリジナルグッズのデザインを自ら行っているので、時期によってはその作画に追われることもある。そしてライブや公演が近づくと、通常でも過密なスケジュールの隙間にその練習や準備が詰め込まれる。

ただしこれらは本人の言ではなく、私が見た妻の日常を箇条書きにしたものである。そのため簡易的ではあるが、大まかにはこのような内容である。

では次に私の仕事内容についてであるが、これは自分のことなので、より細かくお伝えできそうだ。

まず最優先して行っているのが、妻のパフォーマンスを撮影編集してＳＮＳにアップロードし、その拡散に努めることである。一般人である我々の窓口はインターネットしかないので、活動規模の拡大を目標に据えた場合、これを欠かすわけにはいかない。現在の我々の活動において、SNSが最も効率的なプロモーションであることは、もはや疑う余地がない。

そして実は一番大切かもしれないことが、生活費と活動資金の調達である。妻にはできるだけ純度の高い表現活動に専念してもらいたいので、これは完全に私が担っている。具体的にいうと、通信販売部門の管理である。妻のイラストのデータ化、デザインや具体的な商品制作、そして在庫管理と商品の発送指示も、その業務に含まれる。かつてはずっと二人で商品を制作販売して糊口を凌いでいた我々としては、商品販売は活動の原点にして、今でも収入の最も大きな比重を占めるものなのである。商品の宣伝を行うと「宣伝ばっかりするな」「商売っけを出すのは奥様の表現にそぐわない」というご意見を頂戴することがあるが、生活と表現活動を続けるためなので、ぜひご理解とご容赦を願いたいものである。

次に妻のダンススタジオの運営である。レッスンのたびに先に触れた「ダンスのために必要な筋力トレーニング」を担当している。また清掃や備品の補充などスタジオの管理と維持、ならびに経理も私が行っている。

そして最も繁忙を極めるのが、妻の公演の時期である。まず会場探しから始まり、マネージャーとして各方面に交渉を行い、スケジュールを調整し、チケット販売も管理している。そして、やっとここで私本来のスキルを用いた「美術」の出番である。メインビジュアルを考案して適切な衣装を探し、撮影から宣伝広告のデザインを行う。そして本番に必要な舞台美術も取り揃えなければならない。本番に至っては舞台監督を務めるかたわら、黒子の衣装を着て舞台周りの雑用全般を担当している。

一気に書いて息が切れてしまった。実の両親や義両親だけではなく友人知人までもが、私がずっと遊び暮らしていると思っている節があるが、一応最低限の労働はこなしているはずである。ただ外から見える部分は「SNSに張り付いている」「妻の周りをちょろちょろしている」ぐらいなので、確かにただ遊んでいるだけに見えるのかもしれない。

◎気難しすぎる何でも屋

このように雑多な業務に追われて忙しいという状況は、私を含む世の個人事業主の常なのかもしれない。また私の場合、人任せにすればいい作業まで自分で抱え込んでしまうところが、忙しさの最たる原因であるという自覚もある。そのせいであらゆる雑務をこなさざるを得ず、まさに「何でも屋」の様相を呈してしまってはいるのだが、見出しの「気難しすぎる何でも屋」とは私のことではない。妻のことである。

私のこだわりなど妻に比べると些細なもので、もう少し活動規模が大きくなればおのずと私の手を離れる作業が大半であろうし、早くそうなれるよう、今は全力で妻のサポートを行っているという側面もある。前半つまらぬ自己弁護で文字数を費やしてしまったが、ここからは「気難しすぎる何でも屋」、妻の妙なこだわりについて記していきたい。

◎バンドメンバーはカカシ

その多くが替えの利く私の仕事と違い、表現活動におけるアーティストは唯一無二の存在である。他者に代替させた場合それは別の活動になってしまうし、他の奏者にサポートをお願いしただけでも、実質的にはグループ活動になってしまう。かといってなんでもかんでも一人で行うことは物理的に不可能であるが、音にバリエーションを持たせるためには楽器を増やすしか方法はない。そうなると単純に、手の数が足りなくなることは自明の理である。

そんな中、あるとき妻が「**バンドをやりたい**」と言い出したことがあった。その唐突な申し出に「メンバーは⁉」と戸惑う私に対し、妻は「**該当者がいないので全部自分でやるしかない**」と答えた。そしてピアノを弾きながら、ドラムを叩きながら、タップを踏みながら、歌うスタイルのパフォーマンスを考案し、すぐに実行して見せた。各楽器を個別に録音してデジタルで重ねればいいようにも思ったが、妻はアナログに強いこだわりがあって、全部同時に自分でやらないと気が済まないようなのである。後に好評を得て妻のライブで定番化したこのパフォーマンスであるが、これは果たしてバンドといえるのか。ソロ名義でいいのではないかと訝しむ私に、妻は「**ギターとベースを持って立たせるからカカシを二体作ってほしい**」と依頼した。弦楽器の演奏には必ず両手が必要なので、複数の楽器を同時に演奏する際はどうしても端折《はしょ》らざるを得ないらしい。しかしカカシは演奏することができないので、そこに弦楽器の音が加わることはない。つまり視覚的に「バンド感」が欲しいということであろうと理解し、私は言われるがままに、二体のカカシを制作した。

◎ヨガのレッスンを受ける骨

またそのこだわりの強さは、音楽のみに発揮されるわけではない。ヨガの講習動画を作ろうとしたときのことである。画《え》としてインストラクターだけでは味気ないので、教わる生徒も写したほうがいいのではないかという話になった。しかしその当時はまさにコロナ禍初期の自粛期間中であり、ヨガレッスンもしばらく休止していたので、実際の受講生にお願いすることは難しいという状況であった。そこでまた、妻から私にある依頼が入ったのである。「**屍を用意してほしい**」と。

ヨガレッスンの最後によく行われる「シャヴァーサナ」というポーズがある。日本語訳が「屍のポーズ」ということもあって、そこから着想を得たようだ。可動性、価格なども考慮して、私は試しに等身大の人体骨格模型を取り寄せてみた。すると妻は満足げに骨にヨガを教え始めたので、私の判断はどうやら間違ってはいなかったようだ。しかし模型が指示に従ってポーズを取るわけではないので、おのずと座らせるか横たえる形になる。ただヨガインストラクターが一人、その前に骨格模型が一体横たわった状態だと、まるで黒魔術の儀式のような雰囲気になってしまう。そこでどうすれば「生徒感」が出るか話し合った末に、骨格模型が複数体必要であるという結論に至ったのは、やはり妻であった。仕方がないので私はあと四体同じ商品を買い足し、妻は合計五体の骨にヨガを教えることになったのである。結果的により混沌とした雰囲気になってしまったことは、もはや説明の必要もないだろう。

そして現在我が家には、今申し上げたカカシ二体と、人体骨格模型八体（後に三体増えた）に加え、妻のダンスパートナーである巨大なクマのぬいぐるみが一体、また妻のイマジナリーフレンドを等身大で再現したマネキンが三体、全て必然性を持って所狭しとひしめき合っている。これらはあまり普通の家庭には存在し得ない「モノ」ではないかと思う。しかし彼らは全員が、妻の「表現において妥協できない姿勢」がもたらした産物であり、妻にとっては全員が唯一無二の表現仲間なのである。

それでは最後に、妻が「仕事を受ける姿勢」についても少しだけ言及してみたい。それはどういう姿勢かというと、基本的には「**よほどのことでもないかぎり、頼まれ仕事は受けない**」というものである。依頼者の意思を尊重しすぎると表現純度が下がるうえに、これまで先方との意思疎通がうまく図れず、不本意な思いをする経験が多すぎたためである。これは妻が調子に乗っているからというわけでもなく、また孤高を気取っているというわけでもない。ただ依頼してくださる方と依頼される我々、双方の無駄な消耗を減らすために他ならない。またその摩耗を減じた分、自主企画公演に全力を注ごうというストイックな姿勢の結果だと、私は妻の行動選択を解釈している。

演奏したり、歌ったり、踊ったり、絵を描いたり、文章を書いたり。およそ表現と呼ばれることは何でもやっていて、妻の活動は一見楽しげなことこの上ない。しかしその頑なでストイックな姿勢を知ってしまうと、まさに「気難しすぎる何でも屋」と評さざるを得ない。そしてこの章の最後に、仕事を受けるか受けないかで私と意見がぶつかったときの、妻の発言を振り返らせていただきたい。

「やりたいことだけやって生きるためには、必ずやりたくないこともやらなければならない。ただ自分の矜持《きょうじ》を傷付けるような仕事だけは、注意深く拒んでいかなければならない」

骨の生徒たち。

二積

二人の下積み時代

妖怪絵師、小さな「鬼」に出会う

十代の頃より買い集めた妖怪に関する様々な資料が、今では本棚でほこりをかぶっている。かつての私は「妖怪絵師」として妖怪の絵を描く表現活動を行っていたが、次第に精力的にそれを行わなくなった。その理由には、妻との出会いが関係している。いきなり話は変わるが、私の母親はその気性の荒さから、親類縁者から「鬼」と呼ばれ恐れられており、その暴言と暴力に幼少期の私は随分と苦しめられていた。

しかし成長に伴い「鬼門」という概念を知るに至って、我が家の玄関が鬼門に位置していることを確認して以来、私は実母の人間性に関する原因を無理矢理その方角に見出し、自分なりに納得するようになった。「きっと本来はまともなんだけど、玄関から鬼が来て母の中に入ったんだな」と。

そして時は流れ、私が当時の両親の年齢に近づいた頃、今度は妻という「小さな鬼」が、我が家の鬼門をくぐってやってきた。この場合は「妻の中に鬼が入った」というよりも「妻自身が鬼」という解釈である。

気性が荒い母とは違うタイプだが、当時の妻には「鬼」の名に恥じぬエキセントリックな言動（詳細は記述できないが、急にいなくなる、人格が入れ替わるなど）が目立っており、それなりに苦しいことも多く、その頃の私は「また鬼か……」という諦めに似た感情を抱いていた。そして程なく、私は妻に対し『小鬼』という呼称を用いるようになった。せめて愛嬌のある言葉を用いることによって、不本意な状況も前向きに捉えられるのではないかという自己暗示もあった。そしてなぜか本人もその呼び名をすんなり受け入れ、妖怪仕事の際は『小鬼』と刺繍された作業着を着用するようになった。

そして『小鬼』は獣のように奔放な性格に加え、いわゆる「霊感」というものまで標準装備していた。それまで皆無であったにもかかわらず『小鬼』来訪以降頻発する心霊現象に、私は毎回大いに驚かされ、自身の発狂を疑いながらも少しずつ順応していった。その中でも特に記憶に残っている、妻の怪奇エピソードを挙げていきたい。

長い髪の毛が

京都のある妖怪イベントに出店するため、ラブホテルを改装したであろう安宿に泊まっていたときの話。これから寝ようという状況で、妻が「**あっ！**」と声を上げたので「なに？　忘れ物？」と聞いてみたが、頑なに答えようとしない。その様子になぜか忘れ物だと決めつけてしまった私は「言ってよ！　足りん物があったら買えばええんやから！」としつこく問いただしたところ、妻は早口で「**長い髪の毛がカーテンから降りてきたけど声を出したら消えたからもういい**」と答えた。私は心底聞いたことを後悔した。しかしこのときは「妻の頭がおかしいだけかもしれない」とも思っていた。いや、そう思いたかった。私にはまだ何も見えていなかったし、何も感じていなかったのだから。

短いトンネル

妻の実家の近くを歩いていたときの話。高架下に差し掛かった際、妻が「**このトンネルおばけでるよ**」とつぶやいた。トンネルといっても向こうが見えるほど短く、作りも新しくて全く怖い感じはしなかったので、平気だろうと高を括った私が「全然そんな雰囲気じゃないやん！」などと言いながら通り過ぎた瞬間、背筋にゾクゾクっと感じたことがないほどの悪寒が走った。目が合った妻に「**ねっ**」と言われて、何やら違和感を覚えたことを思い出す。私の立ち位置が「人間側」であることに対し、なぜ妻の発言はほんのり「霊側」なのか。今から思い返すとそこが怖かったのである。そしてこの日を境に、私まで具体的に霊的な存在を感じ取るようになっていった。

人形のまばたき

お化け屋敷の美術監督としてある地方都市に呼ばれ、一か月ほど住み込みで働いていたときの話。美術監督。何やら偉そうな響きではあるが、実際ふたを開けてみれば監督とは名ばかりで、その手足となるはずの美術スタッフは一人もおらず、朝から晩まで妻とほぼ二人で巨大なお化け屋敷を作り続けていた。しかし悪戦苦闘しながらも作業は終盤に差し掛かり、プロデューサーがどこからか集めてきたという、いわくつきの日本人形などが屋敷内に並び始めた。そこで我々はほんの気休めではあるが、毎日作業終了後に人形にお経を上げていたのだが、あるとき人形がまばたきをしているように見えたことがあった。妻が怖がるといけないので黙っていたが、妻のほうから**「さっきあの子まばたきしてたよね」**と言われ私のほうが震え上がった。とうとう私にも見え始めてしまった。

差出人をぴたりと

さらに妻は、鋭すぎてもはや超能力に近い「勘」も持っていた。

郵便受けに届いていたハガキを私が見ていると、妻が「**何のハガキ？**」と尋ねてきた。私が「えーと、なんか『引っ越しました』ってお知らせみたい」と答えると、妻は「**◯◯さんか**」と言うので宛名を見ると、まさにその人からだった。もちろんただの偶然だといえなくもないが、長らく疎遠であったその方の名前をぴたりと言い当てたことに、当時の私は驚かされたものだ。しかし似たようなやりとりが頻繁に交わされるうちに、今では私もすっかり慣れてしまった。

透視？能力

しかしただの勘の鋭さでは説明できないことも。あるとき、二人とも初対面だった女性との会話中、急に妻が笑い出したことがある。「えっ？　なんですか？」と訝る女性。すると妻は「**すみません！　頭の横に『船場○兆』って文字が浮かんでいたので！**」と笑いながら答えたところ、その女性は青ざめ「えっ！　すごい！　私のお母さん、そこで働いてるんですけど！」と答え、その場にいた全員が言葉を失ったことがある。家族の職場を透視。役に立つのか立たないのかよく分からない能力ではあるが、このように具体的に「何か」が見えることもあるようだ。

◎妻の実家の異世界的「お盆」

またいつもの流れになるかもしれないが、妻の実家にその能力のルーツを求めることにしよう。

結論から申し上げると、まあ妻の家族も「みんな何かしら見える」のである。当たり前のように「昨日ばあちゃん（故人）が来た」とか「夜に大勢（霊的な何か）がお鈴《りん》を鳴らしながら家の周りに来てたよね」などと話し合っていて、私はいつも異世界に迷い込んでしまったような錯覚に陥ってしまうのである。

ある年の夏、妻がお盆に帰省すると言うので「じゃあ俺はたまった仕事を片付けとくよ」と答えると、

「**帰らなくていいの？　先祖に会えなくていいの？**」

と本気で心配された。気になって「先祖に会うってお墓参りの比喩？　それとも具体的に霊と会えるってこと？　会えるのならどういう状態で会うの？」と、頭に浮かんだ疑問を全部ぶつけてみた。すると妻からは、

「**お盆に実家に帰ると死んだ先祖が普通に座ってる**」

という衝撃的な返答が。「どっどこに⁉」と取り乱す私に対し、妻は「**食卓とか。お墓**

とか」と平然と答えた。その言に従って久しぶりに帰省してみると……その年はいつもと違った。自己暗示も多分にあるのだろうが、故人と対話する妙に現実的な夢を、立て続けに見ることができたのである。あれほど充実感のある、そして本来の目的に則ったお盆は、私にとっては初めての体験だった。しかし妻は毎年、私が感じたよりもはるかに解像度の高いお盆を過ごしているということである。妻がどんなに忙しくても、毎年律儀に帰省する理由がやっと分かった。

◎これは共同幻想か？

心霊現象をはじめとしたあらゆる怪異は「共同幻想」だと何かの本で読んだことがある。また、いわゆる「見える人」と一緒にいると、それまで「見えなかった人」まで見えるようになるとも。集団ヒステリー、脳の異常、精神疾患、共依存などいろんな可能性を考慮し、自分なりに結構な数の専門書を読んだりもしたのだが、明確な答えは出なかった。しかしいずれにせよ、私が「主観としてその現象を認識している」という事実だけは確かである。

そしてふと気がつくと、私が妖怪のことを考える時間は激減していた。かつてはそこにある種の恐怖を見出し、自身の美術表現に落とし込んでもいたのだが、リアルな恐怖体験や不思議な体験には及ぶべくもなかった。そして、それまで楽しめていた妖怪という懐古趣味的な恐怖を、私は楽しむ余裕がなくなってしまっていたのである。

しかし、いわゆる「妖怪」の絵はあまり描かなくなったものの、実は今のほうが本来の意味で「妖怪絵師」に近いという見方もできるかもしれない。身近にいる我が家の『小鬼』を観察し発信することが、きっと私にとっては最高の妖怪表現なのだろう。いつの間にか私は、妻という『小さな大妖怪』を、いろんな意味で描き続けていくことになったのである。

◎思い出し怒りの旅へ

妖怪絵師をやめ、能動的な自己表現を控えること。これもまた、妻の裏方にシフトしていった大きなきっかけのひとつだった。しかしそれは表現姿勢の話であって、純粋な表現活動ではほとんど生計を立てるには至っていなかった。それではどのようにして暮らしていたのか。散々辛酸を嘗《な》めさせられた下積み生活。自分たちの過去の活動を振り返る、思い出し怒りの旅が始まる。

妖怪絵師、お化け屋敷で買い叩かれる

絵描き同士として出会った我々は個々に絵を描いて出展したり、一緒に一枚の絵を仕上げようとして諍いを起こすなど、いかにもアーティスト同士といった生活を送っていたが、当時はたまに頼まれ仕事に応じることもあった。しかしその頃はまだ、年齢と活動歴が長い私に一日の長があったようで、私に仕事の依頼が来ることが多かった。その場合は妻をアシスタントとして随伴させることになっていて、今とは真逆の、仕事上は私に主導権のある関係性であった。

もうずいぶん昔のことなので、具体的な金額についても明記させていただくが、

「一週間で十万円支払うので、お化け屋敷の美術監督をお願いしたい」

という話があった。場所はある地方都市で、街興しのために東京からプロデューサー

を迎えて、期間限定のお化け屋敷を企画しているという。そして私はそのプロデューサーからご依頼を受けたという経緯である。

まず状況として伝えられたのは、現地には作業スタッフが多数おり、私は全体的な美術の統括を行い、スタッフに指示のみ行えばいいという内容であった。決して労働量に見合った額ではなかったが、当時は経験も少なく、またその話にやりがいも感じられたので、私は依頼を受けることにした。また一人だと何かと手が足りないこともあるだろうから、妻をアシスタントとして連れて行く許可を得て、期待と緊張に胸を膨らませ、新幹線で東京を発ったのであった。しかし……。

いざ現地に着くと、実際には作業スタッフという者はいなかった。その土地の国立大学美術部の学生がボランティアで手伝いに来るという話であったが、彼女たちは最初の顔合わせ以降、あるときを除いて一度も姿を現さなかった。それ以外は企画者や実行委員が仕事終わりに立ち寄るぐらいで、実際の内装作業はほぼ私と妻が行うこととなった。結局オープン間近になって焦った関係者たちがバタバタと集まり始めたのだが、とにかく前半はほぼ私と妻の二人であった。

そして現場は見たことがないほど巨大なお化け屋敷で、もちろん当初の一週間で作業が終わろうはずもない。かといって途中で投げ出して帰るという選択肢はなかったので、私と妻はひたすら朝から晩までお化け屋敷を作り続けていた。

心身共に疲弊しながらも、徐々にお化け屋敷が形になり始めたころ、地元のテレビ局が取材に来る機会があった。すると普段姿を見せない面々がテレビに映りたいがために続々と集まってきたのだが、そこには一度も手伝わなかった大学生ボランティアスタッフたちの姿も見られた。そして取材クルーが私と妻を横にはけさせ、その学生たちが「私たちが作ってます!」と言って取材を受けることになった。某公共放送局は地域の人たちの受信料で成り立っているので、現地の人が活躍している姿を撮りたいという意図があったのかもしれない。やりがいなどとっくに失い義務感のみで作業にあたっていた我々は、お化け屋敷が自分たちの作品であるという憤りこそ湧き出さなかったものの、その若者たちの面の皮の厚さにはひたすら辟易したものである。

またそのお化け屋敷の情報がインターネットで拡散され話題になり、一時ホームページのサーバーがダウンするほどアクセスが集中したらしいのだが、それで商魂逞しい商店街の面々は目の色が変わり、我も我もと関わり始めたそうである。またその反響を受けてか、別の団体によってほぼ同じ規模のお化け屋敷が至近距離で急遽催されることとなり、どちらが先かといがみ合ったり、とにかくトラブルの絶えない現場だった。人々のあまりの浅ましさに、私と妻は一刻も早く東京に帰りたい気持ちでいっぱいだった。

◎何かやりたいけど金がなくて暇そうなやつ

それ以降の活動を振り返っても類を見ないほど過酷な現場であったが、それでもなんとか、オープン前日までに作業を終えることができた。

しかし安心したのも束の間、「残って屋敷長をやらないか」という耳を疑う提案があった。つまり常駐するスタッフが必要だということである。一か月掛けて内装を作った我々は確かに適任だったのかもしれない。しかし当初は一週間の予定だった仕事が、気が付けばちょうど一か月である。ただでさえ滞在期間が延びているのに、この後二か月（お化け屋敷の開催期間）も自分たちの活動を疎かにすることはできないので、そこは丁重にお断りさせていただいた。すると主要メンバーの一人が、

「困ったなあ。じゃあ他に何かやりたいけど金がなくて暇そうなやつを探すか―」

と呟いたのを私は聞き逃さなかった。私と妻が、何かやりたいけど金がなく暇だからこの仕事に協力していると思われていたということか。もちろん全体の意見ではなく、その人の個人的な考えかもしれないが、その言葉は私と妻を大きく傷つけた。どうせ

食ってかかっても、「いや、君たちのことじゃないよ！」などと言い逃れするのは目に見えていたし、一か月に及ぶ激務で疲弊しきっていた我々には、その発言を問い詰める気力も残っていなかった。

しかしそれでも、全体としてはそんな気持ちじゃないかもしれない。一か月共に働き、様々なトラブルも乗り越え、私の中に情のようなものが芽生えていたのも事実である。一人の失言に引っ張られず、私はこの仕事をいい思い出で終わらせたいと、何度も自分に言い聞かせた。

そしてお化け屋敷オープン初日、私たちにとっては仕事の最終日。企画の代表が、お化け屋敷のスタッフTシャツを、関係者全員に配るという。「自分たちはこれから帰るのに、貴重な在庫をいただくのは申し訳ないので、Tシャツは遠慮しよう」と決めていたが、はなから我々のTシャツは用意されていなかった。「いや、無駄になるし、賢明な判断だろう」と思いながら、揃いのTシャツを着て士気を高める集団を尻目に、我々はその土地を後にした。

去り際に「本とかも出してる○○さんって人が屋敷長をやってくれるらしいよ！」と盛り上がっていた。なるほど、それまでもテレビに出ている人や芸能人を異常にありがたがる言動は目にしていたが、私も妻も無名中の無名、今まで蔑《ないがし》ろに扱われていた理由がやっと腑に落ちた。

そんな我々にとって散々な現場ではあったが、そのとき手伝ってくださった本当の意味での唯一のボランティアの方（某女性漫画家）そして親切に接してくださり今も親交がある方々には、ずっと感謝している。ただ、地元を悪く言って申し訳ない気持ちもあるのだが、いつか自分たちが発言の場を持てたとき、絶対に「あの扱いはおかしかった」と訴えたいという強い気持ちでがんばってきたので、そこはご容赦いただきたいのである。

しかし仕事は終えたものの、追加請求しないと全く割に合わない。私一人が一週間で十万円という話だったが、絶対に妻がいないと無理な仕事量だったうえに、二人掛かりで一か月掛かったのである。その点を強く主張し交渉した結果、当初の提示金額に数万円上乗せされた十数万円が振り込まれていた。一か月、私と妻が泊まり込みで朝から晩まで働いた報酬がこれである。しかし美術の仕事はこんなものかと、好きなこと（これは全く好きな内容ではなかったが）で食っていくというのはこういうことかと、自分たちを納得させた。

するとプロデューサーが来年もお願いしたいと言うので、さすがにあまりに報酬が少なすぎるという不満を伝えたところ、

「お化け屋敷関連のオリジナル商品を作って物販で売ってもらいなさい。そうやって実力で取り返せばいいんだよ」

というご提案をいただいた。それならばと思いさっそく実行に移したのだが……開催期間約二か月、動員数万人にも及んだ企画の物販で、我々が作ったポストカードセットは、たしか一～二セット売れただけで、売上総額はなんと数百円だった。もちろん「本当に見える場所に置いてくれていたのか？」という疑念も頭をよぎったが、それはただの負け惜しみにしか聞こえない。実力不足だとまた自分を納得させた。

悔しいことの連続だったが、我々は二度と舐められないよう、自分たちに足りなかったものを埋めることにした。まず「何かやりたいけど金がなく暇なだけの男女」だと思われないよう、搬入車を購入し、自分たちのユニフォームを作り、あらゆる大工道具を取り揃え、本気度を示した。それ以降は、支払いが怪しい現場には必ず契約書を準備するようにした。

しかし翌年、「来年もお願いしたい」と言われていたその現場から依頼が来ることはなく、別の地方のお化け屋敷に送り込まれることとなったのだが、事前に送った契約書の「交通費、燃料費を支払う」という文章に二重線が引かれ、プロデューサーのハンコが押されて返却された。このときすでに、諸悪の根源はこのプロデューサーなのではないかという疑念が頭をよぎっていた。

前年と同じ轍《てつ》を踏まないよう細心の注意を払った結果、その年はなんとかトラブルなく仕事を終えることができた。それでも二人で一か月住み込みで働いて三十万円(四国までの交通費燃料費自己負担)という、今から考えるとあり得ない額ではあったが、交渉しなかった場合はきっと前年と同じ十万いくらかであっただろう。などと胸を撫で下ろしていたのも束の間、契約期限を過ぎても報酬は振り込まれなかった。しつこく催促して三十万円はやっと振り込んでもらえたのだが、その直後、別件を終えた後にその件の報酬を値切られたので、さすがに限界に達してこのプロデューサーとは縁を切った。つまり各地方の人たちはただそういうものだと思ってやっていただけで、無論推測の域は出ないが、我々はこのプロデューサーにいいように値切られ使い倒されていただけだったという結論に至った。そして社会人経験のない自分の見識の狭さ、成長の遅さを恥じた。

しかし妻と活動を始めて最初の大仕事、お化け屋敷の美術監督で得た経験は非常に大きかった。それ以降我々は、今でもこの件で自分たちが受けた扱いを常に心に据え、できるだけ関わった人間にはお金を支払うよう心掛けているのである。

◎妻の怒りは正当だった

これまで一気に過去の怒りを書き連ねてきたが、ずっと一緒だった妻はどうしていたのか気になった方も多いだろう。実は妻は、初めからめちゃくちゃ怒っていたのである。

「まあまあ、こういうもんやろ」と宥める私に対し、「**こんなのはおかしい！　私は帰る！**」とずっと訴えていたのである。ときには私の制止を振り切って、クライアントに対し「**あなたのことを呪い殺そうと思ってます！**」などと伝えることもあった。

ただ当時二十代前半であった妻に対し、その土地のおじさんたちは「気の強い娘さんだなあ」とまともに取り合うことがなかったのが、トラブルを回避するという意味では不幸中の幸いであった（もちろん妻はそんな扱いも不満であったのだが）。このようにクライアントとアシスタントの板挟みという不具合に苛まれていた私であったが、後で思い返すと、全部妻の主張が正しかった。へらへらと自分をごまかし煙に巻き、結局最後に怒って絶縁する私の間違った姿勢を、妻はずっと正そうとしてくれていた。

こういうことが積み重なり、私は多くの判断を妻に委ねるようになった。これも私と妻の関係性が逆転し、私が妻の弟子でありアシスタントになった大きな理由のひとつである。

◎絵は燃えていた

以上が労働力を買い叩かれた話であるが、もうひとつ忘れられない屈辱的な体験がある。絵描きにとって命ともいえる、絵を燃やされた話である。

一時期、身体表現を用いたイベント企画を行っている夫婦と懇意にしていただいていた時期がある。我々も夫婦、向こうも夫婦で、夫婦で表現活動を行う楽しさや苦悩など共有できたような気がしていた。彼らが踊り、我々がライブペイントを行うパフォーマンスも、何度か開催することがあった。そのある企画で、向こうが用意した約六畳分の板に、音楽や踊りに合わせて絵を描いたときの話である。自分たちにとって過去最大サイズの絵ではあったが、その仕上がりはラフでありながら表現性が高く、納得のゆく作品であったように記憶している。そしてイベント終了後、その企画者たる夫婦の夫（以降Aとする）は私にこう言った。「この絵もらってもいいすか？　今、山に小屋を建ててるんだけど、その壁にしたいんだよね」と。普通の絵なら「ただでくれ」というのは完全に失礼だが、ライブペイントにおける絵は描いている過程が一番の見所であって、出来上がったものに通常の絵画ほどの価値は見出せないようにも思える。そもそも板はAが用意したものであったし、開催前にその所有権を取り決めておかなかった我々にも落ち度はある。そして何より、コンパネ六枚を持ち帰っても正直置き場に困るというのが、その申し出を快諾した最たる理由であった。「ぜひ使ってください。山小屋の完成、楽しみにしてます」と私は答えた。

Aは有言実行し、さっそくその板を用いて山に小屋を建てた。「こういうコラボレーションもありだな」と、私も妻もSNSでその完成を見て喜んだものである。それからどれぐらいの時間が経ったか明確には覚えていないが、おそらく一年ほど経ったころ、我々はまたSNSで衝撃的な光景を目にすることとなった。その絵が燃えていたのである。ただし不本意な火事などによるものではなく、A本人がA本人の意思で、小屋を解体し、「お焚き上げ」と称してその絵を燃やしているという内容が投稿されていた。大勢で集まって楽しそうに飲み食いしながら、満面の笑みを浮かべたAの後ろで、我々が描いた絵が燃えていたのである。

差し上げた絵をどう扱おうと、それは本人の勝手である。法律的にも何の問題もない。しかし表現の一環としてその「お焚き上げ」を行うなら、せめて一声掛けてほしかった。何より「燃やしても惜しくない」と思われていた無意識の侮蔑に、我々は心底傷つけられたのである。例えばそれが高名な画家の絵だったら、果たしてその「お焚き上げ」は行われただろうか。岡本太郎やピカソのライブペイント作品なら、その選択肢は頭をよぎりもしなかっただろう。つまり駆け出しの我々にとって、一緒にパフォーマンスを行った仲間（だと思っていた）に「おまえたちはこの先も絶対に売れることはない」という烙印を押されたようで、ひたすら気が滅入ったのである。過剰反応と取られる向きもあるだろう。しかし仲間が描いた絵より、自らの取るに足らないパフォーマンスを優先する価値観であったことだけは確実である。

もはや私の存在はどちらでもいいので、「ふくしひとみさんって駆け出しのころ、描いた絵を燃やされたことがあるらしいよ」「えーもったいない！」という会話が交わされるぐらい、妻が世間に認められるようになることが、今の私の目標なのである。

あれ？　妻って今、絵描きだったっけ？

狐面を売って生活していた頃

狐面を作って売り歩き、生計を立てていた時期がある。その期間はおよそ五年以上にも及び、その間「お仕事は何をされているのですか?」と聞かれるたびに「狐面を作って売り歩いています」と答えて、よく眉をひそめられていたものだ。しかしなぜそんなことになったのかというと、ただ「成り行き」としか答えられない。

今から十年ほど前、ごく狭い範囲ではあるが、間違いなく「狐面ブーム」というものがあった。私と妻もよく出展していた物販系のイベントでは、和服に狐面を合わせて練り歩く来場者が非常に多く見られた。その需要に伴ってか、狐面を専門的に作る「狐面作家」という人たちがたくさんいて、先に述べたように「妖怪絵師」を自称していた私とは「妖しいもの」つながりで出展イベントが重複することも頻繁であったが、私自身は狐面というものに特に興味を持たずに活動していた。

そしてあるとき、妻が「鬼」を題材にした和風の絵本を作って販売するべく、某アートイベントに出展した際の話である。人目を引くために出展ブースのレイアウトにも力を入れようということになり、作中のワンシーンを再現したのだが、それは狐面をかぶった遊女たちが闊歩する遊郭風の街並みであった。そこで私は絵付け用の狐面の素体を取り寄せ、数点に絵付けを行い、小道具として飾ることにした。すると不本意なことに肝心の絵本はほとんど売れなかったのだが、非売品の小道具である狐面を売ってほしいというお客様が後を絶たなかったのである。仕方がないのでその場で値段をつけたところ、瞬く間に完売の運びとなった。

◎初めて金になったのが、狐面だった

当時はほとんど商品が売れず、出展費用の元すら取れない活動を続けていた我々にとって、それはひとつの転換点となる出来事であった。「独善的に作りたい物だけを作るのではなく、人々が欲しがる物を作るべきではないのか」という考え方が芽生え始めたのである。事実赤字に次ぐ赤字で、常に表現活動はおろか生活まで火の車。このままでは美術家を廃業し、別の仕事を探さなければならないような状況であった。元はそれほど興味がなかったとはいえ、自分の「絵付け」が購買に繋がったことは

間違いがない。狐面をキャンバスに置き換えると、それはそれで絵が売れているという見方もできる。毎回赤字を重ねる不毛な出展を続けるよりも、絵は作品、狐面は商品と割り切って毎回黒字を生むことが、作家生命を維持するための現状唯一の方法ではないかと、私は覚悟を決めた。そして腹が据わった私は、一心不乱に狐面を作り続けたのである。

当初は興味がなかった狐面だったが、作り始めると一気にのめり込んでしまった。興味がなかったがゆえに客観的視点を持てたのだろうか、アイデアがいくらでも浮かんできた。例えば、着用したまま飲食できるよう上半分だけの「半狐面」を私が制作し始めた頃、世間の多くは顔の全面を覆う狐面しか制作していなかった。また視界の悪さをどうにかしようと鼻だけを覆う「狐の鼻」を発売した際は、出店時に行列ができたほどであった。また「スチームパンク狐面」や「スイーツデコ狐面」など、当時他に誰も作っていないことを確認し制作販売していたが、それらも割と好評を得ることができた。

しかし好評を得ると煩わしいことも増えてくる。まず最初に生じたのが「アイデアの盗用問題」であった。先ほど「他に誰も作っていないことを確認し」と申し上げたが、「誰が最初に作ったか」ということは、作家なら皆重要視するのである。例えば、自分がアイデアを絞り出し試作を重ねて完成させたデザインを、ＳＮＳで見た別の作家が真似て作ったとする。するとどんな事態になるだろうか。相手のほうが知名度が高い場合、そちらがオリジナルとして拡散され、結果的に自分の作品が二番煎じの扱いを受けてしまうのである。そしてその最悪のパターンは、大企業が自分のアイデアを盗用した場合である。事実、知り合いもそのような憂き目にあったことがあったが、その知名度や拡散力の前には泣き寝入りせざるを得なかったのである。さらに商標まで登録されてしまったら、自分が真の発案者であっても、今後二度とそのアイデアを商品化できなくなってしまう。

そして私も、私の商品に酷似した商品を目にしたことが実際何度もあった。ではそのとき私がどうしたかというと、何も言わなかった。不毛だと確信していたからである。アイデアというものはそのアイデア自体に価値があるのではなく、アイデアを生み出す発想力に価値があるのであって、盗用したい人は勝手に盗用し続ければいいのである。いや、決してよくはないのだが、人のアイデアを盗むような手合いとやり取りする時間は、ただ無駄でしかない。そのぶん自分は、どんどん新たな案を生み出し続ければいいと思っていたし、実際新たな商品を作り続けていた。

しかしそのように前向きだった私も、心底気が滅入ることもあった。知人から「金儲けのために狐面を作るなんてけしからん！」と苦言を呈されたときである。その方は作家活動の他にお勤めの本業がある方だったので、「あなたが生活費と活動費用を出してくれるのであれば……」と思ったが、何も伝えず距離を置いた。
また別の煩わしいこととして、私の制作スタイルに対する批判もあった。私は狐面を作り始めた頃の姿勢を維持し、市販の素体を加工し絵付けして、商品としての狐面を仕上げていた。一方多くの自称「狐面作家」の皆様は張り子の技法を用いて、作品として狐面を仕上げていた。すばらしいことである。頭が下がるし、作家として尊敬すべきことだと思う。しかしそれはスタイルの違いであって、張り子で作る場合どうしても販売価格が上がってしまい、世間の要望に答えることができない。私は人々の需要に応じ安定した供給を生むため、市販の素体を加工して商品を仕上げていたのである。結果、価格が抑えられ、自分基準ではあるが、多くの方にお届けすることができたように思う。それが私の家内制手工業のバランシングポイントであった。

作家とは別に安定した本業がある人ほど、逆に純度の高い表現を行えているように思う。定収入があるため作家活動で利益を出す必要がなく、ひたすらやりがいを持って挑めるためである。自己表現のためならいくらでも手間を掛けられるし、お客様に「高い」と言われたくないので、相場より安く販売することも多い。それは単純に人を喜ばせたいという清い心情から発するものかもしれないが、言ってしまえば趣味だからできることである。これは手仕事にとどまらず、絵や音楽、そしてデザインに関してもいえることだが、最低限の時給換算は行い、労働の安売りは慎んでもらいたい。副業の作家が市場の相場を下げることは、表現一本でやっているプロの生活を脅かす行為であるということを、くれぐれも自覚していただきたいものである。

ただ、そんなこだわり抜いて狐面を作って展示できるなんて、羨ましいことだなとも思っていた。「いつか狐面を『売る』必要がなくなったら、量産する必要のない一点物のお面をこだわって作りたい」という希望を胸に、私は私のスタイルで妥協せず、丁寧に狐面を作り続けた。そして狐面を売る必要がなくなった今、私は妻が着用する一点物のお面を粘土から捏《こ》ねて作っていて、非常に楽しいしやりがいを感じている。仕事と創作、商品と作品は別である。商品ならいくらでも販売するが、作品を売って暮らすほどの気概と勇気は、今も昔も私にはない。

話を昔に戻そう。狐面を作り続けていた私は、誰にも求められていない勝負を続けていた。納期までにいくつ作ることができるか。より早く。より丁寧に。より効率的に。そして誰も作っていない新たなスタイルの狐面を、私は常に模索していた。

そして私が狐面を作り始めて、三年あまり経った頃のことである。その晩も私は体力が限界の状態で、相変わらず狐面を作っていた。しかしその日はどうしても睡魔に抗えず、作業台で何度も船を漕ぐうち、とうとう私の意識は暗闇に包まれた。そして気が付くといくらか時間が経っていたのだが、絵付け途中だった狐面が見事に仕上がっていたのである。まさか小人の仕業でもあるまいし、その絵付けのタッチは、明らかに私自身のものであった。つまりその時の私は、無意識状態で狐面を作っていたということである。しかし狐面制作における「ゾーン」のようなものを体験して多少の達成感を感じたのも束の間、よぼよぼになってもへなへなの線で絵付けを行っている暗い未来が脳裏に浮かび、「このまま一生狐面を作り続けることになるのではないか」と、すぐさま暗澹《あんたん》たる気分に苛まれたのである。

それではそのとき、妻は何をしていたかというと、なんと私の制作の助手を務めていたのである。初めは素体を補強してもらったりベタを塗ってもらったりもしていたが、私の職人気質がどうしても妻の粗い仕事ぶりを許容できず、日々諍いばかり起こしていた。しかし見方を変えると、左右対象にこだわる几帳面な私の絵付けとは対照的に、妻の絵付けは雑だが勢いがある。その勢いを活用すれば、私とは違った作風の狐面ができるのではないかと、あるとき思い切って絵付けをお願いしてみたのである。すると書道の心得もある妻が絵付けを行った狐面は、なんと私の数倍の速度で完成し、またタッチ自体も好評で、出すたびに完売となった。作った物が順調に売れる状況は、今思い返すとほんのわずかではあったのだが、それでも我々に潤いを与えた。収入が少しだけ人並に近付いた。

しかし妻はその状況に満足してはいなかった。「人並に近付いた」とはいえ数字的には人並ではなかったし、二人掛かりで全力で取り組み人並以下、これが我々の手仕事の上限であったからだ。このままずっと元気なら細々と生きていけるかもしれない。しかし人間はどうしても歳を取って仕事の効率が下がるし、病気になったらお金も掛かる。こんな時給換算いくらの手仕事をずっと続けていていいものかと、妻はずっと私に訴えていたのである。

◎手仕事から量産品の制作へ

それではどうすれば状況が好転するのか。とりあえず最も原始的な生産形態である家内制手工業からの脱却を試みることにした。これからは工場制機械工業を取り入れ、量産品を発注し販売するということである。歴史上は数百年前に訪れていたはずの産業革命が、ようやく我々にも訪れたのであった。ただこれらには一長一短がある。前者は制作の開始も中止も全て自分の一存で行えるため、あらゆる状況、全ての需要に対しフレキシブルに対応できる。しかし後者は業者任せのため、一度発注してしまえば途中で変更はできないし、仕上がりに納得が行かないこともある。また何より初期費用が増えることと、在庫を管理するスペースが必要であることが大きな課題であった。しかしそこは勇気を振り絞って、赤字覚悟で量産品の制作を開始した。

最初に作り始めたのは、「御朱印風トートバッグ」という商品だった。私が絵を描き妻が書をしたため、架空の寺社の御朱印をデザインして、トートバッグにプリントした商品である。これなら当時の顧客であった狐面界隈にも受け入れてもらえるのではないかと期待し、狐面と御朱印風トートバッグを同時に販売した。これは幸いにもご好評をいただき、シリーズ化して計六種類を今でも販売し続けている。

また量産品の定番といえばTシャツである。定期的にファッション雑誌を読み漁ってトレンドを把握したうえで、流行に左右されない商品を模索した。これは私の絵と妻の絵を使った商品が混在しており、今は妻が描くゆるい絵のTシャツが妻のファンの皆様にご好評をいただいている。しかしそれはある程度の拡散力を得た後の話で、ほとんど拡散力がなかった頃の売上は、あまり芳しいものではなかった。

交渉力はおろかコミュニケーション能力すら危うい私と妻は、その両方を持ち合わせた知人が開催する「妖怪」をテーマにしたイベントに頻繁に出店していた。ところで私が「出展」と「出店」というふうに漢字を使い分けていることにお気付きだろうか。前者は作品を、後者は商品を販売する際に用いるよう心掛けているのである。生活費、活動費を捻出するために狐面を作り始めて以降、私はどんなアートイベントに参加する際も、主に「出店」という表記を使用するようになった。「しゅってん」とも読めるが「でみせ」とも読める。私は「でみせ」の気分で必死に商品を販売していた。少し話が逸れたが閑話休題、出店時の不具合や大変だったことに言及していきたい。

私がよくお世話になっていた企画者は、都心部にある百貨店でよく催事として物販イベントを企画していた。その際は売上から出店料と販売手数料を引かれた額が、後日各作家に振り込まれる。それは前者が企画者に、後者が百貨店に支払われているのだと解釈していたが、それに加えて「売り子」として店頭に立つことまで強いられていた。多くの作家はなぜか店頭に立ちたがるので不思議だったのだが、私も妻も他者に接することが苦手なため、できるだけ接客を行いたくなかった。そのために出店料や販売手数料を支払っていたのであって、そこから人件費を工面するべきなのではないかと他の出店者に相談したこともあったが、他の作家たちは皆不満を感じている様子もなく、まるで「大人の文化祭」とでもいった体で、皆楽しそうに無償労働に興じていた。労働に対価が支払われないということは、楽しんでやっていること前提の、いわゆる「やりがい搾取」である。つまり趣味で作家をやっていると見做されているということだ。

また当時の私は人前で絵を描く「ライブペンティング」なども行っており、その依頼を頂戴することもあったが、依頼のほとんどが「ノーギャラ」であった。催促してやっと駐車場代を出してもらえたぐらいで、直管パイプとクランプで足場を組み、キャンバスをぶら下げ、回し蹴りで絵を描くような大掛かりなパフォーマンスを行ったこともあったが、その仕事に対する報酬も同様であった。しかしそれは自己表現であったため、持ちつ持たれつの関係として納得していたのだが、別の出演アーティストにはそれなりのギャラが支払われていたことを知ったときは、さすがに悔しかった。そのアーティストは全く有名ではないけれど、狭い界隈で少しだけ名が通っているぐらいのアマチュア音楽グループであったが、私の商業的な価値はそんな彼らにも遠く及ばないのだと思い知らされた。

また、音楽とアートがテーマのイベントで、ライブペイントと物販をやらないかというお誘いがあったので、そのために何点も狐面を制作し、Tシャツなどの商品も多めに持って参加したことがあった。

しかし当日、パフォーマンスと物販のスペースが、なんと喫煙所だったのである。入れ替わり立ち替わり人が行き来はするが、誰も絵や商品には見向きもしない。そして布物の商品は全てタバコの臭いで台無しになってしまった。ざっと振り返っただけで山ほど苦い思い出がよみがえるのだが、そのとき妻はどうしていたのかというと、やはりひたすら怒っていたのである。

◎社会不適合者はどっちだ

その怒りは凄まじいもので、いつも私は妻をなだめつつ、自分にも「仕方がない」と言い聞かせ、その場を凌いでいた。無償の売り子を強いられたとき、妻は一度も売り場に立たなかった。ギャラが出ないオファーは、徹底して断っていた。そしてパフォーマンススペースが喫煙所であったときは、ずっと帰ろうとしていたのを私が引き止めていた。私は当時の妻を「なんて協調性のない社会不適合者なんだ」と思っていた。そして妻と周りとの板挟みで、それは大変なストレスだった。しかし私の認識と対応は間違っていた。妻はただ感情に任せて怒っていたわけではなく、ずっと自分たちの尊厳を守るために、小さな体で主張を続けていたのである。思い返すと常に**「それは私たちの仕事じゃないでしょ？」**と私を諭していたし、実際今から振り返ると、あれは自分たちの仕事ではなかった。社会性もないくせに周りに合わせようとして、どっち付かずの態度を取っていた中途半端者、にもかかわらず急に怒りが限界に達し会場を後にするなど、真の社会不適合者は私であった。

イベント主催者とのやり取り、そして見知らぬ人との対面販売に、いい加減疲れ果ててしまった我々は、とうとう物販イベントには出店しなくなった。その代わりに、満を持してサイトを立ち上げ、個人的に通信販売を行うことにした。そしてSNSでの拡散に力を入れるようになった。結果としては、立ち上げ当初は売上が大きく落ちたものの、そのぶん必死に宣伝を行ったため、程なく出店時の売上を上回るようになった。そして商品だけではなく、作品やパフォーマンスも多くの方に見ていただけるようになった。

それまで周りの作家の間では「直接対面で話したほうが良さが伝わるので商品を買ってもらえる」という意見のほうが多かったし、私もそう信じて苦行に甘んじていたが、人には向き不向きというものがある。そして妻はもちろんのこと、私も全くその行為に不向きであった。対面で説明するより、文章を練って発信するほうが性に合っていたようだ。総じて自分たちのコミュニケーション能力の低さを、つくづく思い知らされた数年間だった。しかし対面販売からは解放されたものの、やはり量産品だけでは収入が覚束ないため、私はそれからもしばらくは、狐面を作り続けることになるのであった。

出店時に使用していた広告ビジュアル。モデルも妻が務めていた。

出会い、下積み、突然のピアノ

私がいかに妻という人間に価値を見出し、尊崇の念を抱き、「帰依する」という言葉でもってこの関係性を表現しているか。その理由はこれまで、少しずつだが度々書いてきた。その言葉に救われて、また表現仲間として、仕事仲間として、そして人間として……といろんな側面から述べてきたが、今の「表現者とその裏方」という関係性に移行した決定的なタイミングは、妻が一度は辞めたピアノを、再び弾き始めたときであった。この項では妻と歩んできた十余年を時系列に振り返り、美術から音楽活動に移行した紆余曲折について書かせていただきたい。

私が妖怪絵師として妖怪の絵を描いて暮らしていた頃、ふと立ち寄った絵の個展会場にて、その展示の開催作家である妻と出会った。当時の妻は音楽活動は一切行っておらず、絵描き同士として意気投合した……ような記憶がある。しかし私より八歳も年下であることを知り、恋愛対象になるようなことはないだろうと私は考えていたが、妻は違ったようだった……。これ以上の互いの感情の機微は照れ臭いので後述するとして、程なく我が家で、その活動と寝食を共にするようになった。
しかしそこからはしばらく苦悩の日々が続く。年相応の社会経験が無い二人は、報酬の支払われない依頼ばかりだったり、支払われても低賃金で長期間こき使われたり、いわゆる下積み生活を送ることとなる。また俗にいう「表現性の違い」というもので日々衝突を繰り返し、無駄に互いを傷つけ合い、表現活動の停滞は日常生活にまで波及し、それはそれは地獄のような日々を送っていたのである。

そんな中で妻が発した「**久しぶりにピアノが弾きたい**」という主張。半ば投げやりになっていた私は、心許ない貯えを、思い切って中古のアップライトピアノに費やした。そして初めて妻の演奏を聴いたときは、

「なんでこいつは絵なんか描いてるんだ？※」

という率直な疑問を抱かずにはいられなかった（※演奏が予想以上に素晴らしかったという意味であり、決して妻の絵を否定しているわけではない。あれはあれで個性があり、とてもいい絵だと私は思っている）。それほど妻の演奏は、長年のブランクがあったにもかかわらず、門外漢の私でも驚嘆せざるを得ないほどすばらしいものであった

某国の交響楽団にてピアノソリストを務めた妻。中学生の頃と見られる。

のだ。なんでも言葉を覚える前からピアノを習い始めたという妻は、程なくその才能を発揮し、幼少ながらに地元のメディアに多数取り上げられるほど、将来を嘱望された子供ピアニストであったらしい。そういうことは早く言ってほしかった。

◎ピアノを辞めた天才少女

しかし当時の妻は、「**久しぶりにピアノが弾きたい**」という意思表示はしたものの、それは言葉通り本当に「**ただ久しぶりに弾きたかった**」だけであったようで、一人盛り上がっていた私は肩透かしを食らったような気分だった。言葉を選びつつ音楽活動の再開を促してみても、「**いや、もう子供のころ十分やったから**」と答えるのだが、その気持ちはなんとなく理解できるような気がした。貴重な幼少期の時間と労力のほとんどを費やしたピアノを、私などには想像もつかない強い決意を持って封印していたのである。簡単に「じゃあまた弾こうかな」という心境になれないのも、当然といえば当然である。ではなぜピアノを辞めたのか。心の傷を抉ることにはならないかと気を揉んでいた私の心配をよそに、妻は自ら語り始めた。今思えばピアノの本格的な再開を勧める私を、牽制する意図があったのかもしれない。

今でこそマイペースに暮らしているように見えるが、当時の妻は心身に多くの不調を抱えていた。幼い頃から「失敗できない」という過度のストレスに晒され続けてきたことが、その最たる原因であったようだ。

ではなにがそんなにストレスだったかというと、まずクラシックというジャンルの特殊性について説明しなければならない。そもそも大衆音楽にしか馴染みのなかった私は、妻から説明を受けるまであまりにクラシック音楽に疎かったのであるが、どうやらその演奏は独自の表現性を楽しむことが目的ではないらしい。伝統の継承と維持こそがその最たる目的に据えられた、れっきとした「学問」であるということだ。つまりアドリブやアレンジといった要素の介在する余地がなく、ひたすら決められた課題を、決められた通りに弾くことが最善であるという価値観なのである。らしい。

実際幼少期の妻は、たった一度のミスで受賞を逃したこともあるらしく、そのたびにピアノの先生が所属事務所の社長に叱責され謝罪させられていたというから、そのプレッシャーは計り知れない。そして以前、妻とこんな会話を交わしたことを思い出した。

私「俺はなんでこんなに何もできんのやろうな？」

妻「できるってつらいよ。本当は私ものんびりやりたかったけど、色々できてしまったから幼い頃から引っ張り出されて大変だった」
私「ん？　何が大変なんや？　嫌味にしか聞こえんけど？」
妻「引っ張り出されたらやんなきゃならなくなるじゃん。嫌だよ」

当時は本当に、ただの嫌味にしか聞こえなかった。それでも何もできないより、何かできたほうがいいのではないかという考え方もあるだろう。しかしできない人間はちょっとできただけで満足できるし褒めてもらえるが、できる人間はできる人間の中で勝負しなければならなくなる。そしてそこで勝ち上がってしまえば、次第に負けることが許されなくなってしまうのである。客観的には満たされているように見えても、主観としてはとても苦しかったのではないだろうか。

それを証明するように、妻の心は壊れてしまっていたのだ。

「一等賞」以外許されない生活が続くうち、完璧を求められすぎたプレッシャーで、妻はコンクールが近づくと体調を崩すようになってしまった。「**負けたらいろんな人に迷惑が掛かるから、怠けるという選択肢はなかった。指から血が出ても練習を続けたし、眠くなったら針で自分の手の甲を刺して目を覚ましたした**」という凄惨な内容の述懐は、とても幼少期の回想だとは思えない。つまりピアノを再開することすなわち、また「絶対に失敗できない」というプレッシャーに責め苛まれる日々が戻ってくることを、妻は危惧していたのである。「あれ？」と私は思った。今は失敗しても誰も妻を責めないし、コンクールに出場する必要もなければ、楽譜通りに弾く義務もないではないか。そう伝えると妻はしばらく黙っていたが、「**一時期はピアノの音を聞くだけで吐き気がしていたけど、普通の人ぐらい楽しめるような精神性に成長できたかなという……テストみたいな感じでなら弾いてもいいけど……**」と少し前向きな様子を見せたのであった。

しかし妻がピアノの再開に前向きになったのはいいものの、私には「幼少期の妻の周囲と同じことをやっているのではないだろうか」という不安もあった。私はしばらく自問自答を続けた結果、妻の判断に委ねることにした。

すると程なく妻が「**クラシック音楽事務所のオーディションを受けてみる**」と言い出したので、私はまた驚かされた。なんでも「**私は音大を出ていないしブランクも長いので、ちゃんとした場でちゃんとした人に聴いてもらって、自分の現状を知りたい**」と言うのである。「またがんばりすぎるなよ……」と心配しながら、普段着の妻を搬入車の軽トラでオーディション会場に送って行ったところ、ちょうど他の応募者たちが高そうなドレスを身にまとい、高級車で会場に乗り付けているところだった。このとき私は正直「すでに落ちたかも」と不安になったものだが、「聴いてもらうことが目的やからな！」と、どこかの国のよれよれの民族衣装を着た妻を送り出した。

◎いきなりプロのピアニストへ

数日後「合格」「奨励賞」と印字された結果が届いたとき、私が何を思ったかというと、「幼少期の蓄積だけで大人の世界でプロになれるなんて、一体どれだけすごい子供だったんだ？」ということであった。これは偏《ひとえ》に妻の努力が手繰り寄せたご縁であろう。そして報われるべきなのに報われてこなかった、その実力への正当な評価であると解釈することができた。

そしてさらにありがたかったことは、所属事務所の社長が、妻の特殊な表現姿勢に理解を示してくださったことである。クラシック界特有の「こうでなければクラシックではない」という苦言を呈されたことは一度もなく、今の今まで妻の自由にさせていただいている。そしてクラシックの縛りを取っ払ったその後の妻は、まるで過酷な環境で育てられた戦闘マシーンが戦場に放たれたように、獅子奮迅の働きを見せ始めるのだが……それはもう少し先の話。

ピアノをメインとした音楽活動を再開した妻に対し、一応個人として表現活動を続けていた私であったが、今後どう振る舞うのかという選択肢に対して、実は大した迷いはなかった。妻に比べ何事も長続きしない私であるが、見方を変えればフットワークが軽く、場合によってはその短所が長所に転じることもある。これまでの自分の取るに足らない過去などかなぐり捨て、方向転換することに躊躇《ためら》いなどなかった。どうせ妻ほど努力して生きてこなかったのである。我が我がと夫婦間で優先順位を競い合っていても埒《らち》が明かない。現状の停滞を乗り越えるために必要な布陣は、妻が前衛、私が後衛の一点突破型。妻の音楽の実力には、それだけの威力があるという確信を得ていた。私は自己表現を控え、妻の美術や衣装、広告デザインを優先するようになった。

ここで少し持論を展開させていただきたいのだが、私は表現というものには優先順位があって、後衛より前衛が優先されて然るべきだと考えるのである。例えばバンドやアイドルのようにステージでパフォーマンスが行われる場合、歌が一番前で、そしてその後ろがギター、ベース、ドラム、またピアノなどソロの楽器、その後ろが管楽器などの楽器やコーラスが続く。ダンサーがいる場合は歌より後ろ、楽器より前だろうか。最低限これだけでステージは成り立つ。そこに付け加えるなら、ここにきてやっと、舞台美術が入る。ただ美術はコンセプトに沿った世界観を構築するための助けにはなるが、演者に圧倒的な実力がある場合は、私は美術は必要ないとすら思っている。クラシック演奏に一切の美術や演出が入らないように。そして優れた役者が、セットがなくとも一人芝居で観客を魅了するように。こういった観点からも、私は私の美術より、妻の音楽表現を最優先すべきだと考えるに至ったのである。

◎歯車が回り始めた

そうすると、それまで多発していた妻や他者との軋轢が、嘘のように雲散霧消した。フリーでイラストやデザインの仕事も受けていたかつての私は、毎回誠心誠意取り組んではいたものの、依頼者の要求がよく理解できず、諍いを起こして仕事が立ち消えることも多かったのである。そしてそのたび自身の無能さ、そして社会性の無さに、枕を濡らす夜も頻繁であった。

しかし新体制においては、ステージに立つ妻だけが依頼者である。その要望に答えることが、私のただひとつの仕事となった。そして完全分業により、これまで一番の悩みの種であった妻との衝突も、ほぼ回避できるようになった。他者と一切関わらずに済む、最小単位の発注と受注。社会不適合者の二人が生み出した、二人だけのサイクル。やっと互いの能力を足枷《あしかせ》なく発揮できるようになったのである。

とはいえ、新体制により長いトンネルを抜けはしたものの、「他人と諍いを起こさない」「仲間（夫婦）同士で争わない」「自分の能力を発揮する」などということは、多くの人にとっては元より備わっている状況であり、実は我々はやっとスタート地点に立てたに過ぎなかった。それが自分たちにとっていかに劇的な変化であれど、そんなことに誰も興味はないし、他人にとってはどうでもいいことだろう。自分たちのただの主観の問題である。演奏動画をアップしても、誰も聴いてはくれなかった。ましてやライブを企画しても、ほとんど人が来なかった。

そして私はいまだに、狐面制作から解放されずにいた。お金持ちになりたいわけではない。せめて生活費の他に、活動を続けられる資金ぐらいは稼ぎたい。しかしこのままではジリ貧である。今の活動体制で定収を得るためにはどうすれば良いのか、ずっと思い悩んでいた。しかしそれでも、二人で無為に絵ばかり描いていた頃よりは、少しだけ生産的になれたような気がした。

妻が音楽を再開したことに、私は希望の萌芽を感じていた。

三、起

二人の生い立ち

スポーツエリート一家に生まれて

「**私、運動音痴なんだよね**」とは、私が妻と出会った頃、本人がよく口にしていた言葉である。今でこそ妻は音楽だけではなく、ダンスインストラクター、ヨガインストラクターと、いわゆる「運動」も仕事にしている。しかし当時の私は、妻の音楽以外の特性を把握せずに過ごしていた。そのため「ピアノばかりやっていたから運動が得意じゃないのか」と納得し、その話を軽く聞き流していたのである。しかし時を経るごとに違和感は増していき、妻の自己認識の歪みとそうなるに至った経緯に、私はまた大いに戸惑うことになったのである。

一時絵ばかり描いて運動不足になっていた妻のため、初めて二人でスポーツジムに行ったときのこと。その頃の私は定期的にウェイトトレーニングを行っていたのだが、妻は未経験だというので、まずは筋力を把握するために何種類かのマシンを試してもらうことにした。すると妻はいきなり、チェストプレスマシンに腰掛け「**こうやるの?**」と、前の男性使用者が設定していた五〇キロをガシャンと挙上した。驚いた私が「えっ⁉　五〇キロが楽に上がるの？　すごくない⁉　ちょっと何キロまで上げられるか試してみてよ！」と提案したが、妻は「**手首を傷めるとピアノが弾けなくなるから**」と言ってマシンから離れてしまった。レッグプレスに関しては「**こんなの……足で押すだけでしょ？**」と言って一〇〇キロを軽々と上げて見せた。私はチェストプレスと同様の提案を試みたが、妻は「**これ以上脚が太くなるといやだから**」と言って、とうとうマシンエリアから立ち去ってしまった。後に調べてみると、ウェイトトレーニング初心者の女性の平均挙上重量は、チェストプレスが一〇キロから二〇キロ、レッグプレスは五〇キロから六〇キロであった。

それまで妻の体型を「なんかもっちりしているな」と思っていたが、それは全部天然の筋肉だったのだ。

筋肉質なのになぜか運動が苦手だという人間を、何人か見かけたことがある。筋肉量は一定のトレーニングによって誰でも増やすことができるが、いざ何かの競技を行うとなると、反復練習によって神経伝達回路を発達させる必要がある。つまり筋肉だけ発達して運動ができない「ムキムキなのに運動音痴」という状態は、ただ先天的に筋肉質であるか、もしくは後天的に筋力トレーニングに励んだが、運動競技自体は行わなかった結果であると推測できる。

もしかすると妻も、そんな「ムキムキなのに運動音痴」の一員なのかもしれない。つまり妻が運動音痴である可能性はまだ残っていた。そして幼少期から人一倍ピアノに取り組んでいたことは聞き及んでいたが、妻の運動経験についてはほとんど知らないことに思い至り、改めて尋ねてみることにした。

妻は「**中学は運動部で、全国出場チームの選手だったこともあるけど、それは個人成績ではないから大したことない**」と答えた。「え？　強豪チームでレギュラーだったってこと？　それって運動音痴なの？　それ以前に人一倍運動やってない？」と問い詰めると、妻が自身を運動音痴だとみなしていた一番の原因は、どうやら義両親（妻の両親）にあるようだった。

聞くところによると義両親は共にスポーツ万能で、それぞれメジャーな球技で国体への出場経験があるという。しかも二人ともはなからプロのスポーツ選手になる気などさらさらなく、ただ部活でやってみたらできて、試合に出たら勝ち進んだので国体に出ることになったというのである。ちなみに妻の兄もインターハイに出場した経験があり、個人成績に乏しい妻は、家庭内において運動音痴扱いであったということである。

もう少し掘り下げて両親について教えてもらったのだが、

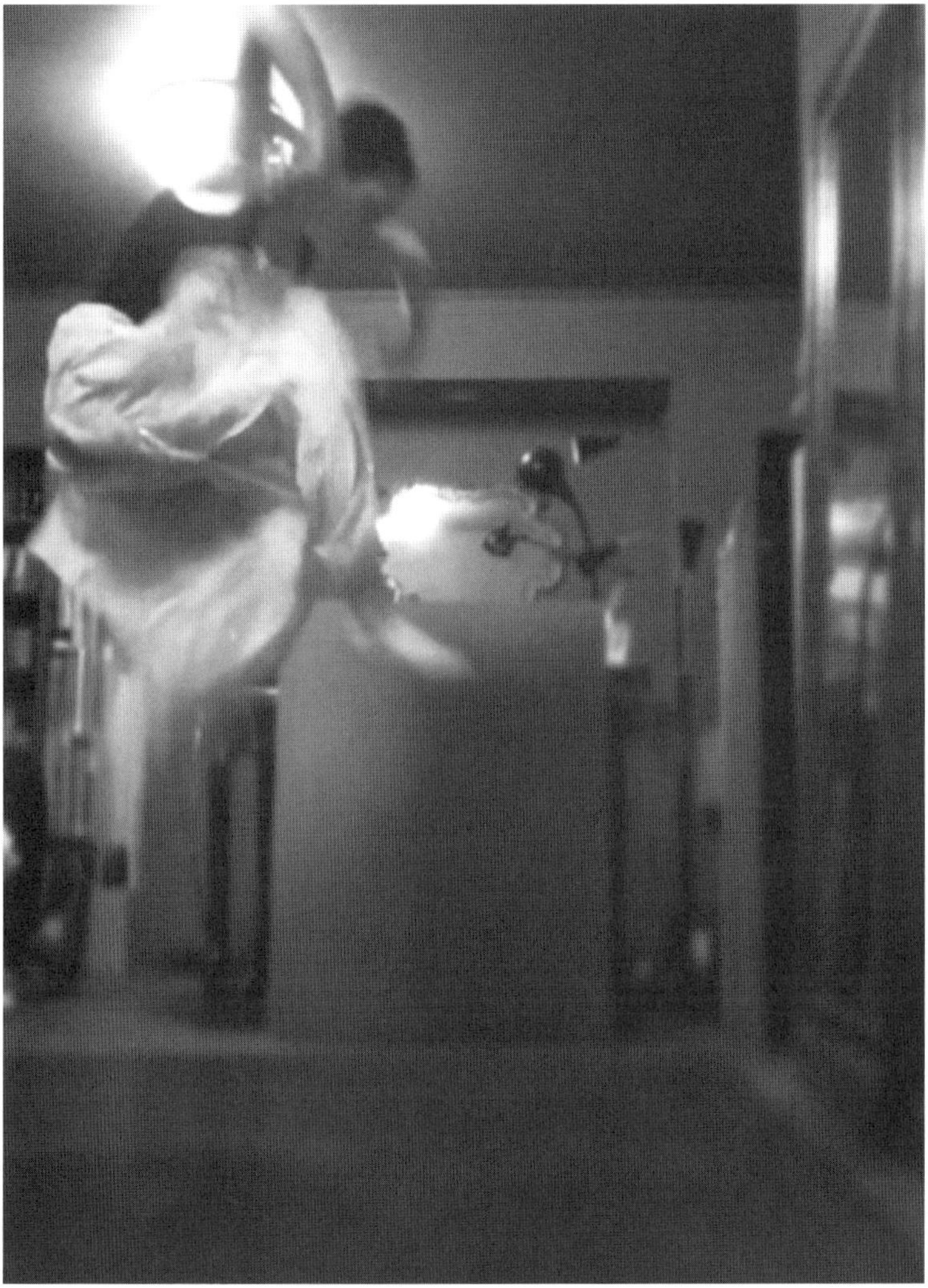

妻の跳躍。

「うちの両親はできない人の気持ちがわからない」

と、妻にしてはめずらしく弱気な発言が続く。それでも妻は陸上や水泳競技の大会には定期的に選抜されていたけど（その時点で運動音痴でないことはもはや明確なのだが、きりがないので以降同様の言及はせずに進める）競技成績が目立って良いというわけではなかったらしい。

しかし妻の両親は、妻の地味だけど決して悪くない成績に対して、毎回心底不思議そうに「体調が悪かったのか？」と心配したという。**「うちの両親は二人とも運動で勝てないことがほとんどなかったから、負けたら手を抜いている、もしくは体調が悪いとみなされる」**ということである。家庭内のハードルが高すぎる。そして妻の回想は幼少期にまでさかのぼる。

◎反射神経の鬼、身体操作の鬼

妻が幼い頃、押し入れで遊んでいたときの話。押し入れ上段から落ちそうになった妻は、近くにいた母親に助けを求めたが、なぜか母は助けようともせず落ち着いた表情で眺めていたらしい。そして程なく妻は畳に落下した。すると妻の母はあわてて駆け寄り「なんで落ちるの！　普通は宙返りして着地するでしょ！」と妻を叱ったという。

そんな義母の反射神経は、老境に差し掛かってもなお凄まじいものがあり、私も何度か人間離れした動きを目撃したことがある。例えば料理をしていて何かを落としたときなんか、「あっ」と言いながら落下速度より早くしゃがみ、自分でキャッチしてしまうのである。

妻が父親に逆立ちができないと相談したときの話。「えっ？　逆立ち？　逆立ちなんか、こう（実演しながら）手で、立って、歩くだけだろ？　なんでこんなこともできないんだ？」と呆れられたそうである。妻は「歩くまでは求めていない」と思ったそうだ。

そして幼い頃海水浴に連れて行ってもらった妻は、両親が二人して逆立ちでビーチを駆け回っている様子を見て「大人になるとみんな逆立ちで走れるようになるんだな」と思い込んでいたという。また妻の父は子供用の鉄棒に向き合い「子供の身長だったら簡単だろ？　大人になると鉄棒が低くて難しいんだよ」と言いながら、身体を縮めた状態で大車輪を行い、宙返りして着地し「ほら、やってみろ」と言ったという。もちろん普通はできないし、妻もできなかったそうである。

これらの回想からも分かるように、共にスポーツエリートであった妻の両親は、運動会の保護者参加競技においても他の追随を許さぬ状態であったという。実際クラスメイトからは「お父さんとお母さんはすごいのにひとみちゃんは……」という声も聞かれたらしい。そういった経験の積み重ねで、妻の運動に対する苦手意識は否応なしに高まっていったようだ。

私「悪気がないのは分かるけど、ちょっとひどいよな！　自分たちも初めからできたわけじゃないやろうに！」

妻「逆立ちも、宙返りも、別に練習しなくても初めからできたらしい」

私「……へえ」

フィジカルモンスターの両親に育てられ、どんな競技も人並み以上にこなせていたはずなのに、その両親が求める基準が高すぎて、自らを完全に運動音痴だと思い込んでいた……という解釈でどうやら間違いなさそうだ。

一方私は自転車にすら乗れない両親の顔が脳裏に浮かび、彼らの遺伝子によって構成された己の手足が、ひどく頼りないものに感じていた。幼少期の妻に対して同情するのと同時に、そういうスポーツ万能な両親が、ちょっと羨ましいという気持ちを抱かなくもなかった。

妻が運動音痴であるか否かについては、もはや議論の余地がない。つまるところ、音楽にしても踊りにしても、脳の指令で身体を動かすという意味ではすべて「運動」である。何種類もの楽器を同時に奏でたり、人の踊りを見様見真似で直後に再現したりする妻。義両親の強烈なアスリート遺伝子は、妻の表現活動にも存分に活かされているのではないだろうか。あらゆる習い事における妻の飲み込みの早さ、その理由がやっと分かったような気がした。そして負けず嫌いで努力家の妻がそんな両親に育てられたからこそ、身体操作性が底上げされ、今の多彩な表現があるという結論に達した。

◎妻、「才能と努力」を語る

以上は妻の「運動」面について考察したものである。それでは妻にとって肝腎要《かんじんかなめ》である「音楽」を、幼少期の妻はどのように学んできたのか。これまで述べてきた内容とは、少し違う観点から掘り下げてみようと思う。

ここ数年の話であるが、SNSで妻のパフォーマンスをご覧になった皆様から「すごい才能！」「天才！」などの、過分なお褒めの言葉を頂戴する機会が増えた。その都度コメントの内容を妻に伝えはするのだが、本人はなぜかいつも浮かぬ表情である。初めは照れ隠しの一種かと思ったが、どうやらそうではないらしい。妻が「才能と努力」について語った内容を、以降は対話形式で記していきたい。

妻「私は天才ではない。幼い頃から練習してるだけで、やれば誰でもできることしかやってない」

私「なるほど。何歳からピアノやっとったの？」

妻「始めた頃の記憶がないから、たぶん二、三歳ぐらいだと思う。言葉や文字より先に、音階と楽譜を覚えた」

私「二、三歳ってかなり早いな！」

妻「幼い頃からピアノを学ばせてもらえたことには感謝してる」

私「でも多くの人が長続きせんやろ？　続けられるっていうのも才能じゃない？　自分も実はちょっとだけ習いに行かされたことがあって……結果は見ての通りやけど。そういえば幼い頃から家にグランドピアノがあったの？」

妻「グランドピアノを買ってもらえたのは中学三年生ぐらいだった」
私「あんまり詳しくないからわからんけど、それって遅いほうではない？」
妻「遅いよ。プロピアニストを目指す人間だったらあり得ない」

妻の家には幼い頃からアップライトピアノはあったらしい。しかし門外漢である私は知らなかったことなのだが、アップライトピアノとグランドピアノは全く性能が違うため、プロを志すならグランドピアノが必須であるという。そしてコンクールはグランドピアノで行われるものなので、グランドピアノを所有せずコンクールに臨まざるを得ないという状況は、相当不利であったということだ。

私「あれ？『地元の音楽事務所の社長に期待されてた』みたいなこと言うてなかったっけ？」
妻「だから毎週のように偉い人がうちに説得に来てたんだけど、親の教育方針で買ってもらえなかった」
私「教育方針って？」
妻「うちは結果を出さないと認めてもらえないから」
私「結果とは？」

妻「いつも父は『グランドピアノが家になければ一番上の賞が取れないぐらいなら、才能が無いということだ』って言ってた」

私「『結果を出す』のハードルが高すぎるやろ!」

妻「発表会で一回ミスしただけで、グランドピアノが遠のいたこともある。体育会系の父曰く『身体が覚えるほどやってないからだ』ということらしい」

私「で、結果を出し続けたってこと?」

妻「毎年あるコンクールで一番上の賞を取り続けて、やっと中三のときに買ってもらえた」

私「ようやるわ……ちょっと待って、じゃあどうやって練習しとったの?」

妻「だいたい学校の体育館とか公民館ってグランドピアノがあるでしょ。それを自分で交渉して使わせてもらってた。でも鳴らない鍵盤とか多くて大変だったな」

私「すごい執念やな。じゃあ幼い頃から至れり尽くせりの環境がうらやましくはなかった?」

妻「そりゃうらやましかったよ。でも思い返すとそういう不具合の多い環境で練習してたからこそ、触ったことがない楽器でも、初見でそれっぽく弾ける今に繋がってるような気もする」

私「それでアドリブ能力が高まったりもしたのかな?」

妻「練習してても校長先生とか掃除のおばちゃんがぞろぞろ集まってきて聴き始めるか

ら、弾けなくても毎回それっぽく仕上げる癖は付いたかも」

私「自分だったらそんな状況ぜったい耐えられそうにない！」

妻「私の演奏を聴いた東京の某音大の教授から附属高校へのお誘いが来たけど、国立《こくりつ》じゃないからって理由で親が認めてくれなかった」

私「高校は音楽科に進もうとは思わんかった？」

妻「それまでピアノばっかりで勉強をおろそかにしてたけど、今後自分には勉強しかないと思って中三の冬から一生懸命勉強して、なんとか県内一の進学校に合格した」

私「うちの地元もそうだったけど、地方はみんな国立至上主義やからな。それで？」

私「なんか……適当に生きてきた自分が恥ずかしくなるな」

私「じゃあなんで大学は英米文学科に行ったの？」

妻「実は本当は絵本作家になりたかったから。一度も親に言ったことはなかったけど」

私「一度も言ったことがなかった!?　よくそれでずっとピアノやっとったな！」

妻「当時親は認めてくれなかったけど」

私「それで卒業して、初の絵の個展で我々が出会ったってことか……」

◎努力の鬼

　妻が歩んできた紆余曲折を紐解くために、長々と過去の対話を振り返ったが、結局妻が言いたいのは「**自分には才能（環境を含む）がないからひたすら努力した**」ということらしい。よく「幼い頃からピアノをやらせてもらえたなんてお金持ちなんですね！　うらやましい！」などと言われることが多いが、いつも妻は複雑な表情を浮かべる。私の印象でも確かに妻の実家は裕福なほうではあるけれど、妻のピアニストとしての経歴は、決して至れり尽くせりではなかったことを、私の口からも強く訴えておきたいのである。

　しかし決して理想的な環境ではなかったにせよ、早くから妻に音楽をやらせようと思い立った義母の慧眼《けいがん》、そして結果論ではあるが、妻の努力と根性を育むに至った義父の教育方針にも、今となっては感謝せざるを得ない。そのどちらかが欠けていても、普通のピアニストから逸脱した妻のパフォーマンスは、決して生まれていなかったであろうから。

　そして今の今まで、妻は努力の鬼である。私が無目的にスマートフォンを眺めているとき、寝っ転がっているとき、妻は常に何かしらの練習に励んでいる。ひたすらピアノを弾くか、踊りを踊るか、筋トレに励むか……「あれ？　めずらしくスマホを⁉」と思っても、そんなときは大体アプリで外国語の勉強をしているのである。

また妻と暮らし始めて最も衝撃的だったのは、風呂はおろか、就寝時も何かを作り続けていることである。今では**「夢の中で曲ができた」「寝ている間に脚本を書いた」**と言われても驚かなくなった。そして「寝言と同時に飛び起きて何かを書き留める」という、妻の異常行動にもすっかり慣れてしまった。

「いきなりできるなんて天才ですね！」「私にもそんな才能があれば……」という賞賛を頂戴することも多い妻であるが、本人は**「いきなりできるようになるために、幼い頃からすべてを犠牲にしてがんばってきたんだ」**と漏らす。そしていつも、**「私ぐらいやってたら、みんな私よりできるようになってたよ」**と続けるのである。

そして最後に、妻のスタジオの指導方針についての対話で締め括りたい。

私「スタジオの生徒さんたちにも、努力の重要性を伝えていきたいな！」

妻「そうだね。伝えていきたいね」

私「そういや、スタジオでダンスは教えとるのに、なんで音楽は教えんの？」

妻「音楽はできなかったことがないから、何を教えればいいのかわからない」

私「天才やないか!!」

というわけで、私の中で妻は「才能と努力の鬼」だという結論に落ち着いた。

「十年に一度の逸材」と呼ばれ社長から重宝されていた幼少期の妻。
「千年」などではなく「十年」というところに妙なリアリティがある。

たまには私の話を

かくも妻主体の活動に没頭している私は、自身について発信する機会を失って久しい。しかしこの章のテーマである「起」すなわち起源、それぞれの生い立ちに言及するに際し、妻ばかり取り上げるのも不公平ではないかという思いが発端となり、自分語りの機会を設けようと試みた。しかしそのような姿勢を過去のどこかに置いてきた私は、ここにきて初めて「書くことがない」状況に追い込まれている。そこでずいぶん前に書いた、左の文章を発掘するに至った。おそらく五年以上前、十年も昔ではなかったはずである。誰も読んでいないブログに投稿し素早く削除したため、ほとんど人の目に触れていないであろう文章であり、ほぼ初出といっても差し支えはない。それではしばし、他の項とは少し毛色の違う、葛藤と恥辱にまみれた自分語りにお付き合いいただきたい。

「楽しいミルクフランス一家」

この歳になるとさすがに認めざるを得ないが、私は大変に自己認識が甘い人間であるようで、他者からの指摘を頂戴するたびに、我と我が身の至らなさを恥じ続けている。しかしそんな私の甘い認識をして確信に至らしむる事実、自身が相当な天邪鬼であるという自覚が芽生えたのは、齢三十を過ぎてからであった。思い返すと私はこの半生のあらゆる場面において、大多数が是とする事象を否と捉え、常に少数派の道を歩んできたように思う。思考の根底に性悪説を据え、大衆の大半は愚であり、常に間違った意思に従っていると信じ込んでいたのである。

こう述べると後に逆説が続き、延々と後ろ向きな自己否定と後悔が続きそうなものであるが、実はそうではない。何が正しかったか間違っていたかなど、見る側によって百八十度変わることであるし、多数決を採用するにしても、つまるところは結果論である。結果でしか判断できないのなら、その正誤は死の直前まで知り得ないはずである。行きつ戻りつ人生を紡いでいくしかない。一番大切なのはとりあえず死なないことだ。では何を訴えたいのかというと、今、少し迷っているのである。基本的に我が半生に後悔はない。遊び回っているように見えて、その時々を懸命に生きてきたつもりだ。ただ先の帰省を経て、一度は自身の中で切り捨てた家族と再び向き合うべきか否か、少しだけ迷っているのである。幼少期を過ごした家屋を朽ち果てさせ、親類縁者とはほぼ絶縁、家族間ですら顔を合わせても互いにこれを無視……こんな状況が尋常ではないということは、いかに浮世離れした生活を送っている私にも理解はできる。これまでの蓄積もあって、ここに来てやっと事態を重く受け止めるに至った。

誰のせいかというと、家族全員のせいである。では私に止める手立てはあったかというと、それはあった。なぜなら年中癇癪を起こしている家族を見限り、実家から足が遠のいたという明らかな落ち度が、私にはあったからである。しかし、このように傍観している私だけは穏やかな精神の持ち主で、怒りっぽい家族にほとほと愛想を尽かしたのかというと、それは誤りである。実は私も立派な癇癪持ちで、同じ家に住んでいた頃の私と母と妹は、日々くだらないことで罵り合い、互いに互いを傷つけ合って暮らしていたように思う。それではどのようなことで争っていたのかというと、いつもその原因は余りに些細で、後に振り返るとくだらなさすぎて笑える内容も多い。例えば「換気扇の消し忘れ」であったり「パンの奪い合い」であったりするのだが、ここではその後者からよく派生していたサブイベント、「ミルクフランスしばき合い」

に注目してみたい。

私「このミルクフランス食べてぇえ？」
母「だめや。それは私のやから」
私「ええやん。今食べんのやろ？　後で買うてくるから。腹が減っとんや」
母「私が私の金で買うたパンをなんでおまえにやらないかんのや！　欲しかったら自分で買え！」
私「やから後で買うてくるって言うとるやろ！　親なら子が腹減っとんやからくれてもええやないか！」
母「なんでや！　欲しけりゃ金やるから今自分で買いに行け！」
私「やから買いに行くから、今腹減っとんやから、先食ってから買いに行ったらええんちゃうんか！」
母「これは私のやがな！」
私「もうええわ！　いるかこんなもん！」

と言ってミルクフランスを母親に投げつける私。

母「何ちゅうことするんじゃこのクズ！」

と言ってミルクフランスで私を殴る母。

その後は交互にミルクフランスを奪い合い、奪い取ったほうが奪われたほうを追いかけ回し、ミルクフランスで殴り合うという地獄絵図。

これは驚くべきことに私が小中学生、母親が四十代から五十代の間、一度や二度ではなく幾度も我が家で繰り広げられていた光景である。さらには「私と母」という対立だけではなく「妹と母」「私と妹」という組み合わせも何度かあった。三人が総当たりでパンを奪い合っていたのである。しかしなぜ、家族全員があんなにミルクフランスに執着していたのか。無論ふざけていたわけではない。そのときは皆本気でパンが欲しかったのである。さすがに私が長じてからは、

私「ミルクフランスでしばき合いしとったの覚えとる？」

妹「あったな！　あれって意外としなってバチーンってええ音するよな！」

私「しかも硬いから千切れんし、あっ、そうそう、遠心力で中の練乳がかかるよな！」

妹「かかる！　かかる！」

などと、誰にも通じない「ミルクフランスしばき合いあるある」で盛り上がるぐらいには家族間の関係性が和らいだ時期もあったが、あの頃の母親の年齢に近づくにつれ、どうしても母親の人格に対して大きな疑念が湧く。私や妹は幼かったり反抗期だったりで、実際今はミルクフランスに対する執着は皆無である。ちなみに母はある国家資格を用いて開業しており、決してパン一個買うにも窮するような経済状況ではなかったことを付け加えておく。またここ数年妹と口を聞いていない直接の原因となったのは「筋トレの際スクワットをやるかやらないか」であり、長くなるしあまりにくだらないので、これは割愛させていただく。

このように、関わっても百害あって一利もない実家とは、この数年間積極的に関わることを避けてきた。家族は仲良くあるべきという固定観念は、持ち前の天邪鬼精神で容易に打破し、そういった思い込みが自己の成功の妨げになると信じて疑わなかった。ここでやっと冒頭で掲げた自身の性質、天邪鬼に戻るわけである。

少年時代、学業運動人望等、あらゆる要素で集団の底辺に蟠《わだかま》っていた私は、決してその状況に満足してはいなかった。基本的に皆が同じように教育を与えられた環境で劣っているということは、人並みの努力を重ねてもせいぜい中の下、良くて中の中ぐらいにしか到達できないのではないか。今から思えば中の中になれたら大いに結構なのだが、幼い私はできる男になりたかったのである。上の部類に入りたかったのである。そうなると正攻法ではない近道を模索することになる。大多数と同じ方法ではなく、人と違った視点を持たなければ、抜きん出ることはできないのではないか。ここまでは成功者の方法論のように聞こえなくもない。ただ、取捨選択基準がおかしかったように今は思う。大学を出ても定職に就くことなく、アルバイトをしながら妖怪の絵を描き始めた。何歳までに結婚するべき、子供を設けるべきという一般論は、その一切を無視し、自身の偏った価値観の充足に努めた。そして家族関係においてもその姿勢は変わらず、上手くいっている関係ならあえて壊す必要はないにせよ、足枷になるようなら無理に関わる必要はないと、無関係を決め込んでいた。その結果家は廃れ、自身の活動も伸び悩み、これまで考えないようにしていた諸問題が、一気に我が身に降り掛かってきたような感覚に苦しんでいるのである。先の帰省で廃墟のような実家を目の当たりにして、「まさか私は間違っていたんじゃないか？」という迷いが、生まれて初めて頭をよぎった。

階下から聞こえていたピアノの音はとっくに止み、カレーの匂いが漂ってきたと思ったら、今度は隣の部屋から床を打ち鳴らす音が聞こえてきた。妻のピアノの音で目を覚ました私は何時間も寝床から出られず、こうして行き場のない想いをスマートフォンに打ち込み続けているのである。しかしそのピアノは私を起こすために弾かれたものではなく、自身の日課として練習しているだけで、カレーは自分が食べたいから作って食べ、隣の部屋では身体が鈍らないように踊り狂っているのであろう。マイペースな人間だと思うと同時に、こういう人間が表現者として大成するのかなとも思う。他者というより同居人の存在すら一向に気にならない、まるで単独生活者であるネコのような性質。一方私はどうだろう。同じく自分のやりたいことばかりやっているように見えるが、その対角線上には常に他者があった。天邪鬼として大多数の常識というものを意識し続けてきた。その結果生まれた奇策ともいえる非常識が、前述の一家の衰退、衰亡を招いた。残された唯一の男手がしっかりしなければならなかったのではないか。この普通の結論に至るために、何度思考が巡っただろう。ミルクフランス。ミルクフランスを買ってこなければ。ママンにしばかれる。数年ぶりにミルクフランスが食べたい。

今読み返すと、苦しさと恥ずかしさで胸が詰まる内容である。しかし最も興味深いのは、この文章を書いた時期が、妻に弟子入りする以前であるということである。まるで現状を予言するかのような描写も、最後の段落に見受けられる。改めて久しぶりに、ミルクフランスが食べたくなった。

なぜ動物たちは私より妻になつくのか

妻と暮らし始めて以来、いろんな動物が訪ねて来るようになった話を先に書いたが、実は野生動物が集まるだけではなく、愛玩動物も異様に妻になつくのである。例えば、街で行き合った散歩中の見知らぬイヌが妻に飛び付いて離れなくなったり、募金を集めるセラピードッグたちが妻に群がり、全員の身動きが取れなくなっていたこともあった。またあるとき妻との待ち合わせ場所に向かうと、妻は数匹のネコに囲まれて気持ちよさそうにうたた寝をしていた。そして奈良公園で寄ってきたシカ（野生動物だが）を妻が撫でたら、そのシカがぐにゃぐにゃになって動かなくなってしまったこともあった。妻と過ごした十数年を振り返ると、そんなエピソードは枚挙に暇がない。

第一章でも少し触れたが、ウマ、ヤギ、イヌ、ネコ、ニワトリなどと共に育ったという妻は、出会った頃から何やら動物じみた空気をその身にまとっていた。誤解を恐れずお伝えするなら「野生動物のような雰囲気」とでも言い換えられようか。ふとした仕草や表情、食べ物に対する異常な執着、そして無防備な寝姿にも、私は強く惹かれた。幼い頃から動物好きであった私の目には、そういった妻の飾り気のない一挙手一投足が、大変魅力的に映ったのである。そして絵描き同士という共通点だけではなく、日々「動物たちのかわいさ」について話が尽きなかったことも、夫婦関係に至った重要な要素のひとつであっただろう。

しかしその内容を掘り下げていくと、次第に互いの「動物観」の違いも浮かび上がってきた。互いに地方出身者とはいえ、住宅街でペットを愛でて育った私と、山間部で家畜としての動物に接していた妻とでは、その感覚に大きな隔たりがあったのである。

例えば妻の実家界隈で飼われているイヌたちは、ペットというより番犬であり、山に入る際は「クマ除け」として用いられることもあったそうである。妻は「**イヌを連れているとクマが寄ってこない**」また「**もしもの時はイヌが戦っている間にクマから逃げる**」と言う。そのため「**ある程度大きくないとこの山では生きていけない**」という認識であるそうだ。

ひたすら愛犬たちを「かわいいもの」として、ぬいぐるみのように愛玩していた当時の私からすると、その考え方は冷酷にすら感じられた。ただし、妻の実家を訪ねるまでは の話である。この項では、現代では稀有な妻の生育環境に触れ、妻とイヌの関係性を土台に、「なぜ動物たちは私より妻にばかりなつくのか」について考えていきたい。

◎妻の愛犬「こぐま」

東北の某県某駅から車で三十分ほど南へ下った山間の集落に、妻の生家はあった。当時のデジタルマップに目的地を入力すると、航空写真に雲が掛かっていて何も見えず、その「秘境感」に胸が高鳴ったものである。そんな自力では絶対に辿り着けないような場所ではあったが、妻の案内のおかげで問題なく到着することができた。

すると母屋から、まるで疾風のごとき勢いで白黒柄のイヌが駆けてきた。妻にとっては三代目の愛犬であり、おそらく家にとっては何十代目かの番犬「こぐま」である。勇敢だが慎重で、見知らぬ人間である私を警戒していた。しかし妻と一緒であったため吠えられることもなく、そのチラチラとこちらを窺う様子が健気で愛らしかった。

それからしばらくは、妻の実家で過ごすこととなった。周辺には農業を生業とした牧歌的な日本の原風景が広がり、それ自体は私が憧れていた光景であったのだが、想像通りの好ましいことばかりではなかった。長期滞在することで「古き良き日本」と「閉ざされたムラ社会」の二面性を実感せざるを得なくなった。しかし否定も批判もするつもりはない。何事にも長所と短所があるものである。いつか妻は自身の故郷を「**閉塞感のある閉鎖的な社会**」と評していた。しかしその文字通り閉ざされた環境の中で、小規模ながら見事なライフサイクルが確立されていたのである。ヒトに関しても、そして動物に関しても。

必要な食材は、基本的には肉や魚を除くほぼ全ての作物を集落内で収穫し、農業で得た金銭（私が感じた印象では割と潤沢）で豊かに暮らしており、妻はその集落全体を取り仕切る本家の娘であるという。本家と分家。私にとっては、日常生活であまり耳にすることのなかった言葉である。また人々が「ウマのじっちゃん」「カマドのばっちゃん」など昔の役割の名残で呼ばれていたり、少し前まで「池をずっと監視しているだけの人」など、役割が非常に限定的な人々も存在したという。そこは民俗学に興味がある私にとって、好奇心をくすぐられる情報の宝庫であった。

それでは集落でのイヌの役割について述べていこう。まずは作物、そして敷地を守る番犬としての役割に尽きると思うのだが、妻の説明はこれに留まらない。前述のクマ除けに加え、ヒトの子守り、ウマの進路確保、他の動物たちの取りまとめ、キノコ探しと多岐に渡るそうである。私と同じく、読者の皆様も頭上に疑問符が浮かんだと思うので、個別に解説していきたい。

一、ヒトの子守り

妻は、先先代である白い秋田犬の「シロちゃん」に育てられ、先代の茶色い雑種犬「ピーター」と共に育ち、前述の白黒の雑種犬「こぐま」を育てたと言う。そして「**シロちゃんはメスだったから母性が強くて、幼い私はよく面倒を見てもらった**」と述懐する。シロちゃんの背中に妻が乗せてもらっている写真を見せてもらったことがあるが、具体的にどのようにイヌがヒトの面倒を見るのかは、今でも私には想像がつかない。

二、ウマの進路確保

私が訪れたときにはすでにいなくなっていたが、妻の実家では数年前までウマを飼っていて、幼い妻はウマに乗って山々を散歩していたそうである。その際は毎回イヌが付いてきて、ウマの足を噛んで安全なルートに誘導していたというが、これもちょっと想像がつかない。イヌとはそこまで賢いものだっただろうか。

三、他の動物たちの取りまとめ

前の項目と少し重複するが、ウマの進路確保に加えて、牧羊犬のようにヤギの行動を管理したり、ニワトリをキツネから守ったりもしていたらしい。ここまでくると私のように仕事のできない人間よりはるかに有能である。

四、キノコ探し

イヌたちはその嗅覚を生かして、キノコを探し当てることも得意らしく、食卓では『こぐま』が見つけたヒラタケは特別おいしい」などという会話が飛び交っている。もはや職人の域である。

◎番外編〜イヌたちの決闘〜

ヒトが管理する敷地とは別に、同じ集落内でもイヌ同士の縄張りがあり、その境界線はなんと、イヌ同士の「決闘」によって決められていたらしい。その方法は至って単純で、ダーッと走り寄ってワワワワンともつれ合い、勝負は一瞬で決まって、負けたほうがキャインキャインと退散するのである。もちろんヒトがけしかけるわけではなく、何か思うところがあるのだろう、それは本犬たちの意思で、本犬たちのタイミングで唐突に行われるそうである。

日に二度敗れる

しかし基本的に関与しないとはいえ、飼い犬の縄張りに関して飼い主も少しは気になるらしい。先代の「ピーター」が分家の「ごんた」との決闘で縄張りを奪取された際、妻の祖父が「ピーター」を「なに負けてんだ！　もう一回行ってこい！」と叱責したことがあったという。すると「ピーター」はトボトボと本当にもう一度「ごんた」の元に向かったけれど、結局二度目も負けて、妻の祖父は「二回負けるってことは本当に無理なんだな」と諦めた……という話なんかは、もはや昔話のような世界観である。

しかしこれらはすべて妻から「昔はこうだった」と聞かされた幼少期の話であり、今はウマも、ヤギも、そしてニワトリもいない。もしかすると妻の記憶が混濁していて、妄想と現実の境目が曖昧なのかもしれないという考えも頭をよぎっていた。それほどまでに妻の回想の中の動物たちは、私が知っているいわゆるペットや家畜とは異なり、それぞれが明確な意思と主張を持って生きていた。そして話は現代、私の滞在期に戻る。

イヌに彼女を紹介される

妻の話を踏まえて「こぐま」の顔を眺めていると、特別賢そうに見えてくるから不思議である。キノコ探しのご褒美に半生の内臓肉を与えると、食べた直後に得意げに腕を組んで（前脚を交差させて）遠吠えしたり、私がふざけていると薄笑いを浮かべたような表情でこちらを見ていたりもする。中でも一番驚いたのは、自分の「彼女」を連れて来たことであった。近隣に住むなんともいえないかわいらしい雑種のメスを連れて私の眼前に現れ、二匹で追いかけっこをしたり、戯れ合ったりして見せたのである。「私は一体何を見せられているんだ？」「イヌってこんなに情緒があったっけ？」と驚嘆した記憶がよみがえる。

ちなみに、文中ではノーリード状態のイヌの描写が多く見られるが、すべて車の通行のない、山間集落の私有地内での話である。

◎私と妻の、イヌ観の違い

一応主張しておきたいのだが、私は戌一（いぬいち）という作家名を名乗るほどイヌそして他の動物にも興味を抱いており、人一倍動物というものを意識して生きてきたように思う。また、某連盟認定ペットシッター、認定パピーティーチャー、そして愛玩動物飼養管理士の資格を取得しており、決してイヌの生態について疎いわけではない。しかしそんな私でも、妻の実家におけるヒトとイヌのような、ある意味対等な関係性に至れたことはなかった。「まるで利害関係が完全に一致して一緒に暮らしているような……」と考え、「私に足りなかったのはイヌと暮らす必然性だったのかも？」という仮説に至った。必然性を持って接する、過不足のない愛情。それが妻とイヌたちとの、深い繋がりの元になっているような気がした。

「かわいいかわいい」と言ってイヌを触りたがる私に対する妻の反応は、思い返せばいつも冷ややかだった。妻は無理に接触しようとはしない。愛犬に対しても淡々とした態度で接している。ただ黙って、並んで座っていることが多い。なのに、いや、だからこそ、愛犬だけではなく初対面のイヌにも好かれる。追うから逃げる、追わなければ寄ってくる、対人関係と同じなのかもしれない。しかしこういうことは、いくら説明したところで伝わらないような気もする。参考になるかは分からないが、妻のイヌに関する発言を左に記すので、各々何か感じ取っていただければ幸いである。

「あいつらは小さくてかわいくてもオトナだからね。赤ちゃん扱いしてはいけない」

「イヌはひとりで歩けるのに、逃げるといけないから人に連れられて歩いている」

「イヌは人間を仲間だと思ってるから飼い主が転んでも見捨てないんだよね」

「イヌは飼い主のあまりの足の遅さに毎日びっくりしてるだろうね」

「大体友達だと思っていたやつらも早く死ぬからね。イヌとか」

「イヌの霊は人間よりすぐいなくなる。転生が早いのかな？」

「イヌがエサを食べている最中に頭を撫でてはいけない」

「小さい頃はイヌと乗用車の顔の違いが判らなかった」


以上であるが、何か見えてくるかもしれないし、何も見えてこないかもしれない。しかし妻の生い立ちに触れ、育った環境を体感した結果、私はぼんやりと何かが見えてきたような気がした。先に挙げた妻の愛犬「こぐま」も数年前に天寿を全うし、妻の生家には一頭も動物がいなくなってしまった。今は時間に余裕がなく自主的にイヌを飼うことは考えられないが、朝夕の散歩の時間帯などは、よそを羨ましくも思う。もし今後またイヌと暮らす機会があれば、私が学んだ現代的な見地と、妻から学んだ「何か」を擂り合わせ、程よいバランシングポイントを模索していきたいと思っている。

われなべにとじぶた

～われなべにとじぶた～
ひびが入ったなべにも相応に修理したふたがある。
どんな人にもその人にふさわしい相手がいること。
転じて、欠点がある者同士が共に暮らしていることの喩《たと》え。

◎実際の印象がちぐはぐな二人

妻に会ったことがある方は感じられたかもしれないが、実際の妻はにこやかで人当たりも良く、おそらく接しやすい類の人間なのではないかと思う。ただ私といるときのみ、本人いわく「省エネ」で、無表情かつ無愛想でいることが多い。私はいつもその状態の妻のおもしろいと思う部分を切り取って発信している（切り口であって脚色ではない）ので、インターネット上で知られるふくしひとみという人間は、変わり者扱いを受けることも多い。しかしそんなことは私も妻も覚悟の上である。「朝起きてご飯を食べて働いて風呂に入って寝ました」という普通の行動ならわざわざ発信する必要がないし、誰も興味を持たないだろう。結果的に自然な状態の妻の魅力を、抽出してお伝えできているという自負はある。

ではその「ちょっと変わった妻」を発信する私は、一見常識人側のように見られているかもしれない。しかし実際はどうかというと、やはりインターネット上や書籍上の饒舌な印象とは、逆だと推察していただいて間違いはない。聞くところによると、いつも仏頂面で取っ付きにくい印象が強いそうだ。それが場合によっては態度が豹変し、人との距離感を見失うことも多いようである。しかし本人はそのような自覚が皆無であるから始末に負えない。

そして私と妻は、二人一緒だと「お似合いですよ」「素敵なご夫婦ですね」などと賛辞のお言葉をいただくことが多く恐縮しきりなのだが、私一人だと「この人やばい！」「絶対おかしい！」などと呆れられ、人から疎ましがられることも多い。しかしこんな状況は今に始まったことではなく、妻と行動を共にする以前はずっとそのように扱われてきたので、驚きというよりも「やはり一人だとこうなるのか」という諦めにも似た落胆がある。ではどう「やばい」のかというと、それは自分ではよく分からない。だからこそ客観的に見て、残念ながら私は、本当に「やばいやつ」なのかもしれない。妻の好感度の高いギャップと比べても、私はひたすらバランスの悪い人間なのである。

◎妻の弟子になるという英断

様々な紆余曲折を経て、私と妻が今の活動体制に至ったことは何度もお伝えした。ステージに立つ妻を私が付き人としてマネージメント、そしてプロモーションを行うスタイルである。この役割分担に至った経緯をごく簡潔に振り返ると、元は美術家であった私の仕事に、妻をアシスタントとして随伴させた（その名残で妻は私を戌一先生と呼ぶ）ところから、二人の活動は始まった。しかし事あるごとに自らの至らなさを自覚し、自らに幻滅し続けた私は、同時に妻の器の大きさに尊崇の念を抱き始めてしまったのである。こうして私は我が妻に帰依し、無事弟子入りの運びと相成ったのであった（「一体何度弟子入りを繰り返すんだ？」と思われるかもしれないが、実際何度も、ことあるごとにその意思を強く固めていると解釈していただきたい）。

自然と立場が逆転したということは、この関係性のほうが各々の性質に合っているという確信があったし、私にも心理的な抵抗はほとんどなかった。そして改めてお互いの性質を比較してみると、私と妻はあらゆる点において、全ての要素が正反対なのであった。私が常に優柔不断であることに対し、妻は何事も直感で即決する。また私は過去の失敗ばかり思い出して気にしているが、妻は過ぎ去った事象は無理に記憶にとどめず、常に未来を意識しているように見える。よくよく考えるとこれは個性というより、私が妻の足を引っ張っているだけなのである。事実私の悲観的な気質が、何かの役に立つことなどほとんどない。もしあるとすれば、同窓会で「あいつ名前なんだっけ?」という話になったときなどに、クラス全員のフルネームを出席番号順に暗唱できることぐらいである。しかしこれは私の記憶力が優れているという話ではなく、過去ばかり振り返ってくよくよしてきたせいで、私の脳のメモリーは過去のデータでいっぱいになってしまっているのである。その代償だろうか、新しいことを覚えることはあまり得意ではない。

とはいえ「過去に学ぶ」という言葉があるように、人間は皆、過去に目を向けることも必要なのではないか。反省のないところに成長はない。などと御託を並べてみても、私が過去の失敗を反芻し現状が改善されたことがあるかというと、答えは否である。何も成長せず、同じ間違いばかり繰り返している。ということは、いくら私が過去を振り返って反省してみても、ただ苦しんでいるだけでそこに生産性はない。治り掛けのかさぶたを剥がす悪癖とでも喩えられようか。反省と称し、自らの傷を弄んでいい気になっていただけ……といえば自虐がすぎるだろうか。

つまり以前の関係性は、思い切りの悪いディレクター（私）に仕事が大雑把なアシスタント（妻）がついていた状態であった。それが弟子入り以降、思い切りの良いアーティスト（妻）に人の名前をよく覚えるマネージャー（私）がついた状態に移行したということである。こうして文章にすると、以前はよくそんな状態で活動していたなと、我ながら背筋が寒くなる思いである。つまりそれまでの私と妻の衝突は、いつも私のブレーキと妻のアクセルが相反することによって発生していたのであった。

そして弟子入り以降、世間の評価は良好であった。はからずも人々の需要に沿う形となったようである。性質とはまた別の観点から論ずると、圧倒的な（だと私は思っている）音楽の実力を持った妻を、世俗的な感覚を持った私が宣伝するようになったのである。妻のように純粋に表現にしか興味がない人間は、世相や流行に疎いことが多く、どうしても表現の拡散にまでは気が回らない。その稀有な欠点を、私のありふれた感性で埋めることができたのは、偶然もたらされた幸運であった。まさに「われなべにとじぶた」である。妻の多彩な長所が、私の数え切れない短所にぴったりとはまり、妻の少ない短所を、私の少ない長所が埋める形となった。お互いの歪な形がたまたまフィットした役割分担に至り、私も妻もしばらくは、心穏やかに働くことができた。

しかしそれは束の間の平穏、二人で活動した場合のみの話であった。他者と関わり始めるとバランスが崩れ、急に私のサポート能力が低下し始めたのである。サポート能力というのはサポートする対象ありきの能力であるからか、気にしなければならない対象やしがらみが増えたせいで、どうにも上手く回らなくなってしまったのである。いくら対象が増えようが仕事をこなせる人もいるのだろうけど、私はそうではなかった。ただ妻の能力が変わらず発揮され続けたことは、せめてもの救いであった。妻のパフォーマンスは才能に努力を重ねて身に付けた絶対的なものであって、サポート能力のように相対的なものではないので、環境に左右されないのは当然であろう。私という派手に壊れた「なべ」は、妻という万能な「ふた」でしか閉じられなかったのである。サポートしているつもりがサポートされていたということだ。しかしその状況は「関わる人数を最少にする」という一見後ろ向きな対策で、一旦は改善することができた。

今回は特に自虐が酷いように感じられるかもしれないが、この頻繁に訪れる自己評価の浮き沈みこそが、私と妻の立場の逆転を後押ししたのだと理解していただきたい。

そうでもなければ事態は好転しなかったはずだ。そして常に自虐的な私でも、唯一自信を持って主張できることがある。「妻の弟子になる」という、この行動選択だけは英断であったということだ。

◎妻が私を選んだ理由

ふと思い出したので触れておきたいのだが、我々と付き合いが長くなった方に必ず尋ねられることがある。妻に対する「なぜこの人（私のこと）を選んだのか？」という質問である。かつての妻は「**よく食べるし動物が好きだから**」と、普通に答えてくれていたこともあった。しかし最近では、散文詩のような意味不明の言葉が発せられることがほとんどである。

例えば印象に残っているものだと、「**さつまいもみたいなところ。料理にも甘い物にも使えるけど、ずっと掘り起こされるのを待ってる。早く掘り起こさないと種芋になってしまう**」と私を評したことがあった。私はいまだにその内容に理解が及んでいないし、そもそも質問の答えにすらなっていないようにも感じる。またあるときは「**浦島パンティ**」などという、聞き慣れない言葉で回答されたこともあった。私という人間を短い単語の組み合わせで表現したそうであるが、「ああ、たしかに！」と納得する人がいるなら連れて来てほしい。

このように妻の答えは聞かれるたびに少しずつ変わるので、その真意は私もよく理解していない。ただ「**不完全なところ**」という、抽象的だが真に迫る回答を聞いたときは、何やら得体の知れない恐怖を感じたものである。

それでは次によくいただく質問「どちらからアプローチしたのか？」についても言及させていただきたい。多くの方が「聞くまでもないけど一応」といった体でにやにやしながら私に尋ねてくるのであるが、どうせ皆、私が妻に追いすがって求愛したと思い込んでいるに違いない。しかし実際は、妻から私への熱烈なアプローチがあったように記憶している。ここまで「妻が大好き」という態度の発信を続けている私に、そのような印象を抱くのもごく自然だと思うのだが、事実はどちらかといえば逆なのである。今となっては誰も信じないが……。

いや実際、私のことが大好きであった妻の姿は、アルコールで痺れた私の脳が生んだ幻だったのかもしれない。しかし今となってはどちらでもいいことである。

四、開

二人の転機

妻に入信

私が妻に入信し、状況が好転したことは何度もお伝えしたように思う。しかしこれまではそうほのめかすだけで、具体的にどのように好転したかについては書いてこなかった。その理由はいたって単純で、この本を書いている現状においても、自分たちが成功体験を書くほどの成果を上げられていないという認識のためである。

しかし不遇の日々から思い返すと、それでも少しずつだが、自分たちなりの小さな自己実現は積み重ねてきたように思う。私と妻が歩んできた日陰の道。今も日向とは言い切れないが、少しは光が差し込んできたように感じる。

まず手始めに、妻が運営しているダンススタジオについて書こうと思う。そのためには、私が妻の「弟子」であることについて説明しなければならない。これまで何度も「妻に帰依し弟子になった」と書いてきたが、なぜこのような表現を使うのか疑問に思われる方もあるだろう。

「妻の付き人としてマネージメントとプロモーションを行っている」という言い方で事足りるのではないか。ただ立場が逆転して妻のほうが優位に立ち、その現実に耐え兼ねた夫の負け惜しみのように感じはしないだろうか。私は常に物事を悲観的に捉える癖があるので、少し不安になってしまった。弟子（私）の評価が下がる、すなわち師（妻）の評価も下がりかねないので、その可能性を捨て置くわけにはいかない。これまで「妻の弟子になった大きな理由の一つである」と何度も何度も書いたような気がするが、今回は「帰依」や「入信」また「弟子入り」を意識したきっかけについて、今回は宗教的な観点から触れ、スタジオ開設に至った経緯についても説明していきたい。

その日も酒が入っていたように思う。私と妻が酔い覚ましに近所を散歩していると、ふとある空き物件が目についた。そこでなぜか「ここにスタジオを開設して何か教えたらいいのではないか」という話になり、翌日不動産会社に連絡を取って、数日のうちに賃貸契約を結んだ。今思い返しても、なぜあのように即座に行動を起こしたのかはよく覚えていない。しかし狐面を作って売り歩く生活に、いい加減倦《う》んでいた時期でもあった。予想だにしなかった急展開である。では誰に何を教えるのか。そこで二人のスキルを書き出してみた。

妻

- **ピアノ（歴≒年齢／受賞歴多数／クラシック音楽事務所所属）**
- **フラメンコ（歴約十年）**
- **ベリーダンス（某団体インストラクター資格取得）**
- **書道（高校時代書道部に所属／受賞歴あり）**
- **語学（英米文学科卒／カナダに留学経験あり）**

私

- **イラスト／デザイン（実務経験が少なく人に教えられるレベルではない）**
- **極真空手（歴四年／段位を取っておらず人に教えられるレベルではない）**
- **総合系格闘技（歴二年／かじった程度で人に教えられるレベルではない）**
- **キックボクシング（歴四年／経験少なく人に教えられるレベルではない）**
- **居合道（歴六年／継続中だがまだ低段で人に教えられるレベルではない）**

私のほうが使えなさすぎる。美術系は仕事にしようとしていたものの、その共感力の低さからほぼ仕事にならず、現状では頼まれ仕事は一切受けなくなっていた。そのため、普遍性を持って人に伝えられることなど何もなかった。また、十代の頃から趣味でいろいろとかじっていた武道や格闘技も、将来他人に教えようなどとは一切考えていなかった。何でも一定以上の成果を収め、ものによっては人に教えられる技術レベルに達している妻と比較したとき、無理なくやりたいようにしかやってこなかった自分の過去が悔やまれてならない。

◎二人でヨガインストラクターに

協議の結果、私は一切戦力にカウントせず、妻主体の教室にしようという方向に定まってきた。無駄に戦う練習ばかりしていたにもかかわらず、戦力外とは皮肉なものである。しかし音楽とダンスを主軸に、美術や学問的な要素も加味した、総合的な芸術研究の場にしようということになったのだから仕方がない。

またそれとは別に教えられることを増やそうと、以前より二人とも興味があったヨガのインストラクター資格を取得し、ダンスのストレッチや精神的な鍛錬に活かそうという話になった。そして二人とも未経験にもかかわらず、仲良く某団体のヨガインストラクターコースを受講する運びとなったのである。妻に関しては初めから不安要素などなかったが、私もかろうじて、それでも過去の運動経験が蓄積されていたようで、二人ともさほど苦もなく、ヨガインストラクターの資格を取得することができた。
　そして足踏みする私を尻目に、資格取得の直後より、妻はヨガクラスを開講した。こういった行動力の差が、現状の我々の実力差を生んだのだろう。そして当初は二人でヨガを教える予定であったのだが、妻はいきなり一切淀みのない喋り、ベテラン講師のような落ち着き、そして音楽を取り入れた他にはないオリジナリティを発揮し、私が一緒に教える必要性はおのずと消滅した。役立たずの私が、少しでも妻の力になれたらと一緒に始めたヨガであったが、気が付くと私は妻の弟子になっていた。降格か昇格か分からないが、夫から一番弟子へ。何やら肩の力が抜け、一気に心が軽くなった。これまでの悔いの多かった我が半生、妻に帰依することでその罪がそそがれるような気がしていた。

　ところで皆様は、ヨガの真の目的というものをご存知だろうか。私がインストラクターコースで学んだ内容は「大いなるものと合一する」というものであった。「真理に至る」また「悟る」とも言い換えられるかもしれない。仏教を経て我々にも馴染みの深い「輪廻転生」という概念があるが、その「輪廻転生」からの「解脱」とも説明できる。まずヨガにおける数々のアーサナ（ポーズ）は解脱するための修行法であり、瞑想時の集中力を高めるために、快適な姿勢を取れるように身体を整えることが目的である。このようにインドで発生した本来のヨガとは、完全に「宗教」であった。

しかし一度西洋に渡り逆輸入されたことによって、多くの現代人にとってのヨガは、もはや「精神が安定するエクササイズ」のような存在なのではないだろうか。インストラクター講座では少ししか触れられなかったが、ヨガの成り立ちと現状の落差に興味を持った私と妻は、資格取得後も専門書を読みあさって、その研究と解釈に努めた。

◎私の信仰心の変遷

ここで一旦、私の宗教観についてお伝えしておきたい。私は人一倍、宗教というものを意識して生きてきたように思う。まず私が育った香川県は「真言宗」の開祖「空海」生誕の地であり、幼い頃から「お大師様信仰」が根付いていたという特徴が挙げられる。また母方の祖父が地元の札所の四男で、大昔に真言宗の僧侶であったということも、私の宗教観に少なからぬ影響を与えはした。ただ祖父は婿養子であったため、我が家は真言宗ではなく別の宗派であった。そのため、環境としては一般的な昔の家庭同様、家には神棚と仏壇があったし、節操なく年中行事を楽しむこともできた。

しかしそれでも気が付くといつの間にか、私は真言宗の荘厳な仏教美術、そして諸仏の造形美に強く惹かれるようになっていた。そのうちお経や真言、声明《しょうみょう》にも興味が湧き、音楽的な意味でそれらを愛好するようにもなった。つまり信仰や宗教という観点からではなく、誰から強制されたわけでもなく、私は真言宗のフリーの信者、いや信者というよりは「ファン」となったのであった。

また宗教というよりは性質的に信心深かった祖母は、朝夕神棚に柏手を打ち、仏壇にお経を上げることも欠かさなかった。私の宗教観の変遷について説明するためには、どうしても「祖母の死」について触れなければならない。あまり愉快な内容ではないが、お付き合いいただきたい。

私は曲者揃いの家族の中で唯一、医師であった祖母だけは尊敬していた。田舎の開業医であった祖母は、深夜でも要望が有れば往診に走り回り、金が無い者には無償で診療を行った。決して比喩的な意味ではなく、事実多くの命を救って生きてきたのである。晩年には国からその勤続年数を評され勲章を拝受したこともあり、幼い私にとって祖母は唯一誇れる家族であり、その行為は紛うこと無き「善」そのものであった。

その後齢八十に達した祖母は医師を引退し、自宅で家族の介護を受けながら、穏やかな余生を送っていた。しかしそんな最中に悲劇は起こった。祖母はデイサービスの送迎中交通事故に遭い、出血性ショックで果敢無くなってしまったのである。享年数え年で九十二歳。数字だけ見ると大往生ではあるが、あれほど善行を重ねてきた祖母が、唐突に、理不尽に、そして痛みと苦しみの中で、その人生の最期を迎えざるを得なかったという事実を、私は到底受け止めることができなかった。またその事故は運転者のよそ見による自損事故で、同乗すべき介助人が同乗しておらず、装着されるべきシートベルトも装着されていなかったという信じられない事実が詳《つまび》らかになるにつれ、私の憤りと悲しみはより深いものとなった。

私はそれまで信仰していた仏教、否、因果応報論自体に疑問を持たざるを得なくなると共に、神仏に対する激しい憤りが沸き上がり、それまで独自に抱き続けていた信仰心は雲散霧消した。因果応報など気休めにすぎない。いくら善行を積もうが、不本意な死を遂げてしまうこともある。もしすべての生き物に因果応報が成り立つのなら、何の罪も犯していない赤ん坊が病死したり、子供が交通事故に遭ったりするはずがない。しかしそんなことはとっくに分かっていたはずで、幸いにしてそれまで「理不尽な死」が身の回りに起こらなかったから、ただ実感がなかっただけの話ではある。「ああ、それで来世で帳尻を合わせるというのが、輪廻転生という概念か」と再度思い至ったときには、私の中でその概念を、仏教という範疇に留めておく必然性が無くなっていた。

生き物は生きてこそであるし、生きている間は不本意な目に遭わないように努めたい。因果応報を信じる精神は、見返りを求める精神とも解釈できる。まずは因果応報からの脱却を目指す。しかし輪廻転生については自分の意思では如何ともしがたいが、せめて善行が積み重ねられ、輪廻からの脱却が成ることには期待したい。そしてこのような自問自答を繰り返している最中に、ヨガを学ぶ機会を得た。しかし特別ヨガの思想がしっくりきたというわけではなかったが、目の前には妻という小さな神がいたのである。

◎妻を偶像崇拝

これまで挙げた様々な理由により、私の表現者としての魂、矜恃はすっかり妻に屈していた。そしていつも目の前にいる私よりもはるかに身体の小さな、無表情で練習ばかりしている、この妙な存在に自分たちの活動を委ね、自分の人生を捧げてみてもいいのではないかと思い至った。思い返せば心が弱って、無意識にすがる対象を探していたのかもしれない。しかし理想論ではあるが、この相対世界において絶対の境地を求めるなら、それが不可能だということは分かっているにしても、妻ならそういった幻想を見せてくれるように感じたのである。

また私は自己紹介に「妻に神性を見出し帰依」と書くことが多いが、なぜ「帰依」は仏教用語なのに「仏性」ではなく「神性」という言葉を用いるのか。たまに苦言を呈されることがあるので説明させていただくと、もはや「仏教」や「神道」など、特定の宗教の概念にとらわれたくなかったのである。有耶無耶《うやむや》にしたかったわけではなく、妻を普遍的な意味での「神」と捉え、独自の信仰形態を取っているとご理解いただきたい。どうせ教祖一人と信者一人の関係である。いや妻はそんなことは望んでいないので、偶像一体と信者一人の関係といったほうが適切かもしれない。私が勝手に妻を偶像崇拝しているだけの小規模な関係性の話なので、教義や目的がころころと変化していくかもしれないが、そこは生温かい目で見守ってくだされば幸いである。

それでは私が妻に弟子入りし、スタジオを開設した頃に話を戻そう。独自の神（妻）を掲げ、壮大な理想を胸にオープンしたスタジオであったが、当初はほとんど受講生が現れなかった。妻のヨガクラスも定期的に開講されていたが、ほとんど生徒はいなかった。そしていつの頃からか、我々はスタジオにこたつを持ち込むようになった。心も体も寒くて仕方がなかったからである。そしてこたつで神（妻）と向き合い、互いの来し方を反芻し、行く末に思いを馳せ、日々酒を酌み交わしていた。

しかし商店街の通りに面したダンススタジオである。一見超少人数制の飲食店にすら見え得ただろう。実際「あの、ここって何のお店ですか?」とドアを開ける方も何名かいた。「酒ある?」と酔っ払いが迷い込んできたこともあった……。

私「ハチミツだけじゃあ暮らしていけんやろ！」
妻「じゃあ次回は米で支払ってもらおう」
私「いや、そういう話では……」

修行の日々

ダンススタジオを運営し、ベリーダンスやスペイン舞踊をベースとした民族舞踊を教えている妻。しかしスタジオを開設してしばらくの間はほとんどレッスン生の応募がなく、なんとか人に来てもらおうと、様々なワークショップを企画していた。そのときの受講料についての話である。

せっかくなら独自性のある内容にしようということになり、例えば「ネコ×フラメンコ＝ネコメンコ」「パンダ×中国古典舞踊＝熊猫舞踊」などの演目を考案した。各回、概要と基礎の動きを学んだ後に、妻が作った音楽に合わせてみんなで踊るという流れ

スタジオでの妻。

であったのだが、妻はその受講料にまでオリジナリティを発揮してしまった。「クマ×ベリーダンス＝ベアリーダンス」というワークショップの受講料を、「ハチミツ一瓶」に設定したのである。ハチミツという物は一般的に生活必需品とはいいがたい。しかしたまに買おうとすると意外と値が張るので、私のように気が小さい人間にとっては、買い物かごに入れるのを躊躇してしまうほどには贅沢品なのである。はたして応募者は現れるのか。それとも一人も来ないのか。毎回賭けのような状況である。しかしどうせ利益が見込めないなら、確かに受講希望者がハチミツを持ってきたらおもしろいのではないかと、結局私もその案に賛同したのであった。

そしていざワークショップ開講日、数人の受講希望者が手に手にハチミツを持ってスタジオに現れた。各回二〜三人ずつだったとはいえ、それはこれまでほぼ人がいなかった我々のスタジオにとっては、予想以上の集客数であった。そしてその結果、一般家庭にあるにしては多すぎる量のハチミツが集まり、「**これでしばらくはハチミツに困らないね！**」という妻の言葉に、冒頭の会話が続く。そして次回の受講料は「米」だと言うのである。

◎ハチミツがダメなら米だ

かつての我が国において支配階級であった武士の給料は、主に米で支払われていた。石高制の確立に最も大きな影響を与えたのは、豊臣秀吉の太閤検地であるといわれているが、歴史を遡れば租庸調の時代から税は米で収められており……などという解説は今更私が行う必要もないのだが、主食である米が尽きぬかぎり、確かに飢え死にすることはない。ハチミツだけを舐め続けて必要カロリーを賄うことはほぼ不可能だが、米だけを食べ続けて生きることなら可能であろう。玄米ならより健康的である。

それでは量はどうするか。一般的なワークショップの受講料金と比較すると、さすがに米五キロ分だと安すぎる。おそらく米十キロ分ぐらいの値段が妥当なのだが、十キロの米を担いで駅から徒歩二十分の当スタジオに来られる剛の者が、一体どれほどいるだろうか。五キロでもかなり大変である。しかし受講希望者が米袋を担いで来る様子が見てみたくて、受講料は強気の米十キロに設定した。救済措置として、この回は現金三千円でも受講可能とした。しかし肝心のテーマが決まっていない。

私「今回のテーマどうしよう？」

妻「米……稲……稲荷……狐、うん、キツネでいこう」

ということで、内容は「キツネ×ベリーダンス＝九尾の狐ベリー」に決まった。インドから中国を経て日本に渡ってきた大妖怪「白面金毛九尾の狐」をモチーフにしたため、ベリーダンスをベースに中国古典舞踊の要素も取り入れ、狐面をかぶって行うワークショップとなった。

そして当日、自前の狐面を手に、数名の受講者がスタジオに現れた。しかしさすがに十キロの米を担ぐ姿は見られず、図らずも我々は、念願の現金を手にすることができたのである。しかし受講者が現れたことが嬉しくて、ちょうど花見の時期ということもあったので、その金で酒を買って受講者に振る舞った。そのせいで結果的には赤字になってしまったのだが「酒」という新たなヒントが得られた。受講料を「酒一升」にすれば、二キロほどの重さで持ってこられるのではないか。次回の受講料は「酒一升」にしようと我ながらナイスアイデアに膝を打った直後、すぐに不安に苛まれることとなった。こんなその場しのぎじゃ生きていけない。

◎弟子かつ生徒へ

ワークショップは単発のレッスンなので、せっかく新たな受講生が現れても、基本的にはその一回限りである。もちろんそれが通常クラスの宣伝になりはしないかという期待もあって開催してはいたのだが、一度もそのような成果は得られなかった。定期的に通ってくださる受講生を増やさなければならない。しかし当時の定期受講生はたった二人だったので、受講料による収入は、スタジオの賃料にも程遠い状況であった。

そして問題は収入面だけではなかった。その頃はグループレッスンと個人レッスンの枠を設けていたのだが、所属が二人だと、どちらかが欠席した場合個人レッスン扱いになってしまう。個人レッスンだと受講料が格段に高くなるため、生徒さんの負担を考慮するとその状況は避けたい。ということで、私も毎回生徒さんたちに混じって、ベリーダンスのレッスンを受講することになった。私は妻の弟子かつ生徒となった。

前の項で述べたように、私は数十年にわたり格闘技や武道を学んで生きてきた。本質的に自分が「弱」である自覚があったからこそ、目に見える分かりやすい「強さ」を求めていたのかもしれない。それではこの数十年間で、私の自己実現であった「弱者からの脱却」は叶ったのかというと、答えは否である。いくら肉体的に強くなったところで、そこにすがって態度に余裕が出たとしても、それは人間の本質である精神が強くなったことにはならない。そしてその拠り所である肉体すらも歳を取れば衰えていくし、私の実感としての成長は、とうの昔に頭打ちであったのだ。ただ、自分の「弱さ」を受け入れることができたのは、大きな収穫であった。

かように強さを求め、雄々しく生きようと心掛けていた私が、妻に、ベリーダンスの、さらには女振りを学ぶことになったのである。それではそこに心理的な抵抗があったのかというと、それは意外と少なかった。前述の「弱さを受け入れる」「雄々しさを諦める」精神状態になるための修行が、ぎりぎり間に合ったのではないかと解釈している。そのおかげで、ベリーダンスの身体操作も興味深く学ぶことができた。「ベリーのように肩甲骨から手を動かすとパンチのリーチも伸びそうだな」とか「ダンスのターンを使えば後ろ回し蹴りがスムースに蹴れそうだ」とか「体幹を意識すると居合道の型の見栄えも良くなりそう」だとか、独自の楽しみ方を懐に忍ばせ、私は妻のレッスンに臨んでいた。

◎幸福を相対的に見ないこと

そのような私の一見献身的な協力によって、スタジオの受講生は見た目のみ「プラス一名」の状態となった。しかし実際私は運営側なので、収入が一銭も増えるわけではなく、根本的な解決には全く繋がっていなかった。精神的には前に進んでいるものの、現状がまったく好転しないということの状況に、不安がなかったといえば嘘になる。まるで低い場所を激しく転がり続けるジェットコースターに乗っているような、興奮と不安が共にあった。鏡に向かうと髭や鼻毛に白髪が目立つようになっていた。私は毎回鼻毛を切り、髭を剃ってスタジオに通う生活を送り続けた。同年代の知り合いを見ると、みんな確実に人生の駒を前に進めている。先の見えない不安と焦りに、私がどのように向き合っていたかというと、師（妻）の言葉に勇気づけられていたのである。せっかくなので、その頃の私を支えた妻の言葉を記させていただきたい。

「今自分は幸せか？　って考え始めた瞬間に不幸が始まるから、そんなことは考えないほうがいい。大体どこに居たって、それなりに幸せだし、それなりに不幸だよ。ペットと一緒で」

幸福という概念を相対的に見ないことが肝要なのだろう。現状に腐らず、しかし手を緩めず、日々の業務に励むしかない。そしてまた状況が好転せぬままこの項を終えてしまうのであるが、次項からは、次項からこそは、活動が劇的に好転していく様子をお伝えできるはずである。唐突ではあるが、ここまで読んでくださった方に改めて感謝の意を述べさせていただきたい。

妻が「バズり」出す

さて状況がどのように好転したのかについて、いよいよ触れさせていただきたいのであるが、端的にいうと「バズった」ことが一番のきっかけである。

私はこれまで文章表現において、現代でしか通用しないであろう略語や流行語を使用してこなかった。例えば「ネット」ですら「インターネット」と言い換えたし、「バズる」ことは「インターネット上で予想外の反響を得る」と表記してきた。しかしここであえて封印していた「バズる」という言葉を使用させていただくのは、現代におけるSNSの時代感を表現するためには、どうしてもこの言葉を使わざるを得なかったからである。

それではどういう投稿で「バズった」のかというと、私が妻におもちゃのピアノをプレゼントしたところ、妻が即興で曲を作って弾き始めたときの動画が発端であった。しかしその投稿文に「妻におもちゃのピアノを買い与えたところ」という文言を用いてしまったため、「買い与えた」という箇所が大いに批判されることとなり、いわゆる「炎上」状態となってしまったのである。ここまで読んでくださった方には弁解の必要もないかもしれないが、もちろん私は妻を尊敬こそすれ、下に見るような意図は皆無であった。ただ「おもちゃ」を「(子供に)買い与える」というニュアンスの言葉遊びを軽はずみに用いてしまったこと、そしてそれまでの活動の長きにおいて妻は私のアシスタントであったことから、楽器を経費で「買い与える」という表現に抵抗がなさすぎたことは、完全に私の落ち度であった。

しかしこの「炎上」が、投稿の拡散を加速させたことは不幸中の幸いであった。これを機に「フォロワー」が数千人から数万人に増え、やっと、妻の表現を不特定多数の方にお伝えできるようになった。この状況を鑑み「だから炎上系の発信者が後を絶たないのか」と妙に納得したが、今後意図的に「炎上」させて反響を得ようという気は一切起きなかった。百歩譲って私が批判されることには耐えられても、妻が批判されることだけは我慢ならなかったからである。その後は絶対に誤解を生まぬよう、文章の細部まで気を配り、発信のたびに推敲を重ねるようになった。とはいえその後も何度か「炎上」の憂き目に遭うのではあるが……。

しかしこの投稿が世間に拡散された一番の要因は「炎上」であったことは確かだが、そもそも初期段階である程度拡散されなければ「炎上」に繋がらなかったであろう。

つまりこの投稿自体が、これまでの私の発信にはなかった、何らかの人を惹きつける要素を含んでいたはずなのである。その分析は、我々の今後の発信における必須課題であった。一度狭い範囲で話題になったぐらいでは、本当にそれっきりで終わってしまうであろうことは、想像に難くなかったからである。

◎解き放たれた妻の遊び心

それまでは普通にピアノを弾く妻の様子を投稿していたのであるが、誰も見てはくれなかった。振り返ってみると、幼い頃からひたすらピアノに打ち込んできた妻は、いわゆる「遊び」に疎く、適当にやりたいことをやって遊び暮らしてきた私からすると、そのパフォーマンスに「遊び心」というか「エンターテインメント性」が足りていないように感じていた。真面目すぎたのである。そしてあるとき急に「妻がプロの技術で、おもちゃの楽器を弾いたらどうなるのだろう？」という俗っぽい好奇心が私の中に湧き起こり、おもちゃのピアノをインターネットで注文したことが、件の投稿に至った発端であった。

そして演奏動画が拡散され、不特定多数から評価されるようになった妻は、「**この**

程度のことでよかったの?」と不思議がった。ひたすら技術を高め発表することと、人を楽しませることとの違いに、大いに戸惑ったようであった。しかし「遊び心」を取り入れたその後の妻の表現は、大きく変わった。ただ妻は「クラシック」という檻に閉じ込められていただけで、その「遊び心」は、私などには想像もつかない無限の広がりを隠し持っていたのである。

伝統の継承と維持を目的とするクラシック音楽にとって、最大のタブーは「先人がやっていないことを勝手な解釈でやる」ことではないかと思う。しかし腹が据わった妻は、もはやクラシックピアニストであり続けることにすら、執着がなくなったように見えた。前述のおもちゃのピアノでクラシック曲を弾くだけにとどまらず、ドラムを叩きながらピアノを弾いたり、タップシューズを打ち鳴らしながらピアノを弾くなど、その音楽センスに身体能力を加味し、全力で「音」を表現し始めたのであった。そして格好も普通ではなくなった。自身の内面を解放した結果、妻は積極的にフクロウやタヌキの格好でパフォーマンスを行うこととなった。真面目な人間がこうなるともう手が付けられない。そして表現スタイルが「動物界と人間界を行き来するようになった」からだろうか。人間の姿に戻って演奏する妻の姿は、まるで人間を超越した存在のような、以前にも増してオカルティックな雰囲気を放つようになっていた。

◎妻専属カメラマンに

この場合の私の急務は、一度ついた火を絶やさぬことであった。にわかに集まった世間の注目を、妻に向け続けることに努めた。クラシックからの逸脱によって急激に解放され始めた、妻の表現を取りこぼしなく記録するため、いつでもカメラを起動できる状態で待機した。演奏だけではなく日常生活でも、妻のおもしろいと感じた様子を細かく記録するようになった。しかし発信するために何かやってもらったのでは意味がない。妻の自発的な、そして自然な表現を記録するためには、四六時中張り付くしか方法がなかった。しかしそこは我々にとっては都合がよく、いやでも元から二十四時間一緒にいるため、さして不便はなかった。

あまり言及する機会もないのでここで少し、私がいつもどのように妻を撮影しているか、また妻はどんな態度で撮られているのかについて触れてみようと思う。基本的には自然な姿を撮りたいので、私が勝手に撮り始めて勝手に撮り終えることがほとんどである。では妻は撮影されている状況を意識しているのだろうか。直接尋ねたことはないが、おそらく少しはしていると思う。しかしあまりに頻繁に私が撮影するもので、もはや「限りなく意識していない状態に近い」ような気がしている。もしかすると、妻は私のことを「自分に付きまとってしょっちゅう撮影しているおじさん」もしくは「いつもスマホを構えた状態で付いてくる何か」ぐらいにしか感じていないのかもしれない。このようにして撮りためた動画や写真、そして書きためた発言の中から、表現者としての妻の実力や魅力が伝わりそうなものを見繕って、最終的に妻に許可を得て発信しているのである。

◎やっと人並みに？

反響は予想以上だった。発信するたび妻のパフォーマンスは好評を得て、見る見る拡散されるようになった。「バズった」状態がどれくらいの数値からなのかは明確に定義できないが、月に何度もそのような状態になり「フォロワー」もどんどん増えていった。「ネット記事」にも頻繁に掲載され、テレビの情報番組で取り上げられることも多くなった。それに伴い、スタジオへの受講希望者が増え、通販の売上も大幅に上がった。そして収入の増加により生活面も少しだけアップデートされたので、実感のあった変化をいくつか挙げてみたい。

- ファミリーレストランで気兼ねなく注文できるようになった。
- スーパーである程度は値段を気にせず食材を選べるようになった。
- 仕事で遠出する際、搬入車の荷台ではなく宿に泊まれるようになった。
- 欲しい酒が買えるようになり、妻のオリジナルカクテル作りが捗り始めた。

つまりやっと人並みになったのである。それまではファミリーレストランで怯えながらメニューを選び、スーパーで値札とにらめっこし、遠出の際は軽トラックの荷台で寝て、安酒ばかり飲んで暮らしていたのである。ハイブランドの衣類や高級腕時計を身に付けたり、高級車に乗ったりできるほどは稼げていないが、元より二人ともそういった願望はないので十分である。この状態が続けば幸せに生きていける。しかし現状を維持するためには、登り続けなければならない。周りが登り続けているので、そのままだと取り残されてしまうからである。いつまで経っても気は休まらない。

次に述べたいのは「数字」についてである。例えばこの文章を書いている現在、私と妻が管理しているアカウントの「フォロワー」総数は、大体五十万人を超えるぐらいである。しかしこの程度の発信力を持った人間は山ほどいるし、芸能人や動画配信者のそれに較べると、我々はかなり少ないほうである。今の表現者は遍《あまね》く、再生回数、

「いいね」の数、「フォロワー」数、「登録者」数など、その人気が可視化されてしまう時代に生きている。もちろんその数値は決して実力に比例するものではないが、「注目度」の参考ぐらいにはなりうる。しかし私も常にそれらの数と向き合いはしているものの、努めて固執しないよう心掛けてもいる。反響を意識しすぎると投稿が不自然になるだろうし、目先の小銭を求めてしまうと、せっかく妻のファンになってくださった方も興醒めだろう。そういった理由から、連日送られてくる企業案件などは全てお断りしている。

このような姿勢で四~五年間、かろうじて右肩上がりに進んではいるが、気を抜くとすぐ反響が少なくなってしまう。それに伴って集客や売上も落ちる。別件で時間を取られほんの少し投稿が滞っただけで、人々に「久しぶりに見た」「まだいたんだ」などと無責任な感想を投げかけられることにも慣れてしまった。世間の興味は移ろいやすい。寄る辺もなく補償すらない我々の生活は、常に「一寸先は闇」なのである。日常的に発信を続けることにも、いつかは疲れてしまうだろう。「バズる」以前の生活に比べると、かなり自己実現に近づいたとはいえるが、こうなったらこうなったで、以前にはなかった気苦労に苛まれることにもなった。いつまで経っても、おそらく死ぬまで、私はその時々で不具合を見つけ、苦悩し続けていくのだろう。妻はそうではないが、私はこういう性格なのだから、受け入れてなんとかやっていくしかない。

しかしそんな我々の一進一退の活動において、一瞬「嘘だろ⁉」と目を疑うような依頼が舞い込むこともある。

まさかの人物からオファー

「泣くって、こんな感覚だったっけ？」

千人以上の観客の前で演奏する妻の姿を見て、私は自分の眼球の奥から、涙が滲み出しそうな感覚を懐かしんでいた。私が涙を流した最も近い記憶を辿っても、愛犬を亡くし骨壺を抱えて咽び泣いたのが十五年ほど前だったので、どうりで懐かしいはずである。場所は忘れもしない厚木市文化会館の大ホール、煌びやかな光の明滅に照らされる妻を眺めながら、なぜ作務衣姿の中年男（私）は涙ぐんでいたのか。その経緯を記す。

私も妻も完全に夜行性で、日が登っている時間はほぼ眠っている。しかしある日、妻が所属するクラシック音楽事務所の社長からの電話で、我々は最も深い眠りの最中である昼間に叩き起こされたのである。寝惚け眼で対応し、電話を切った妻の口から

放たれたのは

「きゃりーぱみゅぱみゅからオファーがきた」

という言葉だった。「どういうこと？」と問いただしても、眠そうに「**きゃりーぱみゅぱみゅからオファーがきた**」と繰り返すだけだったので、私が電話を掛け直してみると、社長は「インターネットでふくしさんの演奏を見たきゃりーぱむ？　ぴむ？　さんが、ご自身の全国ツアーで演奏してほしいそうなんだけど、どうする？」と言うのである。「きゃりーぱみゅぱみゅ」と発音できない程にはご高齢の社長である。「新手のオレオレ詐欺に引っ掛かったのかも？」と一瞬心配になったが、金銭を要求されたわけではなかったようだし、相手がそんな嘘をつくメリットも思い当たらなかった。しかし本物だ偽物だと足踏みしていても事が始まらない。どう答えるべきか迷っていた私に、社長は打ち合わせの日時と場所を伝え、私と社長はその短い通話を終えた。

夜になりやっと覚醒した妻と、その案件について話し合った。

私「本物やったらどうする？」

妻「どうしようね。最近あんなことがあったからね」

ここで妻が言う「あんなこと」とは……。

時を遡ることほんの数日前、我が家に某テレビ番組のスタッフが取材に訪れたのである。全国各地にある珍しい風景をおもしろおかしく取り上げる内容の番組なのだが、その候補に「異界」たる我が家が選ばれたのであった。例によって私は少しでも妻の宣伝になるならと、二つ返事でその依頼を受けることにした。そしていざ取材当日。私はその取材態度に面食らってしまった。

- 玄関を開けると名乗りもせずにいきなりカメラを向け撮影を始める。
- 外を転がしたスーツケースでそのまま家に上がる。
- 調度品に断りもなく撮影機材を取り付ける。
- 高圧的な態度で自分たちが描いたシナリオ通りに意見を誘導する。
- 家主である我々を待たせて、我が家で別件の仕事を片付ける。
- この日は打ち合わせのみだという話であったが「試しに撮る」と言って撮った動画の使用許可書にサインさせようとする。

数年経った今でも容易に思い出せるほど印象的であったその取材態度は、たとえ一度は受けた話でも、全て白紙に戻すに足る十分な威力を持っていた。彼らの何もかもが信用できなくなった。それから数日掛けて「今回撮った動画は絶対に使わない」という言質を取り、またそのやりとりを録音し、やっとその話は一旦の終息を迎えた……というのが「あんなこと」の内容である。

そして我々はその一件のせいで「今後テレビなどのメディアからの依頼は全て断る」また「芸能、エンタメとも一切関わらない」という姿勢に傾きつつあった。そんな状態で、前述のご依頼をいただいたのである。

今だから言えることではあるが、我々はその依頼がたとえ本物の「きゃりーぱみゅぱみゅ」からであっても、実は断る方向で話を進めていた。スケジュール調整が難しかったことに加え、有名人のイベントに出演することによって、以降のイメージがその方向に固定されてしまうのではないかという懸念があったためである。しかし妻の所属事務所を通してきた仕事であったため、自分たちの一存では答えを出すことができなかった。そこで一度担当者にお会いして、自分たちの状況と意思をお伝えしようと、打ち合わせに臨むことにしたのである。そして当日。

指定された原宿の芸能事務所に到着すると、入口前に妻の所属事務所の社長が所在無げに佇んでいた。クラシックとはあまりに掛け離れた分野の仕事であったため、依頼の内容を把握しかねているご様子であった。それまで何度か電話越しに言葉を交わしたことはあったものの、初対面であった私は社長に自己紹介を済ませ、事務所のインターホンに恐る恐る手を伸ばした。

中に招き入れられると、予想を大きく上回る数の人間が卓を囲んでいた。私の中では、妻と私と社長に対し、向こうの担当者が一人対応してくださる規模の打ち合わせを想定していた。顔にこそ出さなかったが、内心「大事になってしまった」と、正直今すぐ暖かい布団の中に戻りたい気持ちでいっぱいだった。そして原宿という場所柄もあってか、皆今風の、センスの良い衣類を身に付けていた。「なんで私は作務衣に腹巻なんかで来てしまったんだ。せめてスーツであったら……」などと悔やんでも仕方がない。隣に座っている「どてら」姿の妻を見ても、やはりいつも通りの無表情である。その感情を読み取ることはできなかった。

するとふと、視界を小さな白い塊が横切った。

「**犬だ!**」と喜んで手を伸ばす妻。すると「犬、平気でしたか?」という、どこかで聞いた声が耳に入った。それはまぎれもない「きゃりーぱみゅぱみゅ」さんご本人であった。

◎ずっと見たかった光景

程なく打ち合わせは始まり、その企画がきゃりーさんの活動十周年を記念する過去最大規模の全国ツアーであることが説明された。そしてきゃりーさんご自身が、なぜ妻に出演してほしいかということを、思いのほか丁寧に説明してくださった。私のSNSをご覧になって、妻「ふくしひとみ」に興味を持ってくださったこと。動画をご覧になるうち、自分の公演に出演してほしいと思うようになったということ。そして明らかに気難しそうな妻に、「ダメ元でオファーしてみよう」と勇気を振り絞って声を掛けたということ。にわかにインターネット上で話題に上がるたび、各媒体から礼を欠いたオファーが続く中、きゃりーさんのそれは、久々に心のこもった人間の声であった。

事務所を後にし、社長を原宿駅まで見送ったあと、私と妻は竹下通りを彷徨《さまよ》いながら話し合った。

妻「あめちゃん（犬）かわいかったね」

私「かわいかったな……いや、それより、どうするの？」

妻「……」
私「同じこと考えとる？」
妻「やっぱり人気が出る人間って『この人の力になりたい』って思わせる何かを持ってるのかな」
私「俺が出るわけじゃないけど、なんか出たほうがええような気がした」
妻「やらずに後悔するより、やって後悔したほうがいいしね」
私「そして犬をだっこして楽しそうに公演の展望を語る、きゃりーさんの笑顔を曇らせたくないっていうか……」
妻「その発言はちょっと気持ち悪いね」
私「そう⁉」
妻「またあめちゃんに会えるかな？」
私「ツアーに参加したら会えるやろ！」

そんな経緯を得て、妻は「きゃりーぱみゅぱみゅ」の半年間におよぶ全国三十か所公演に、ソロパフォーマーとして協力させていただく決意を固めたのであった。そして迎えた公演初日。妻の出演を舞台袖から見守る私が、冒頭の私なのである。

精神というものは不意打ちに弱い。予想外なことのほうが、嬉しかったり、悲しかったり、感情の振れ幅が大きいものである。世間ではその効果を狙って、いわゆる「サプライズ」という行為がよく行われているようだ。しかし雑務に追われ目先のことで手一杯だった私に、その日訪れた「サプライズ」は、誰が仕向けたものでもなかった。それはただ「妻が大勢の前で演奏している」という現実のみであった。それまでもインターネットを介して反響があったとはいえ、その評価の実態を目の当たりにすることはなかった。しかしそのときは千を越す人間が、妻の一挙一動に歓声を上げ、妻が組み立てた演目に、皆が拍手喝采を送っていたのであった。私はずっと「妻の活動を拡散する」という目標を胸に、日々プロモーションに努めてきたわけであるが、それが拡散された先に一体何があるというのか。その具体的なビジョンを思い描かずにいたところに「私はずっとこれが見たかったのか」と気付かされる光景を目にしたのである。心に不意打ちを食らった私は、不覚にも一粒の美しくもない涙を流し、ステージ傍の暗闇に姿を隠した。

図らずも、無意識に思い描いていた目標を達成できたわけである。誰のおかげかというと、これはやはり第一に、お声がけくださったきゃりーさんのおかげであることは論を待たない。そして幼い頃より技術の向上に努め続けてきた、妻自身の功績であろう。そしてそこにあえて加えるなら、いわゆる「クソリプ」や「アンチコメント」に負けず妻の拡散を続けてきた私の労力も、やっと報われたような気がした。しかし、しばしの満足感に包まれはしたものの、ふと我に返って考えてみると、所詮は人の褌《ふんどし》である。各ホールごとに千人以上、大きな都市では数千人、そして全三十公演だと延べ数万人の動員を見込めるのは、ひとえに「きゃりーぱみゅぱみゅ」の人気である。本当に目標を達成したと言い切るなら、妻自身のファンでホールを埋めなければならない。私は人の褌ではなく、自分の褌をきつく締め直した。

初日の話はまだ続く。初の出演を終え楽屋に戻った妻は、私にこう言った。

妻「夢が叶ってよかったね」
私「うん。大勢の人に聴いてもらえてよかったな！」
妻「違うよ。戌一先生が言ってたんだよ。こんな現場で仕事がしたいって」
私「え？　俺が？　こんな現場で働きたいって⁉」
妻「忘れたの？　ほら、あの駅前の大型ビジョンで……」
私「！」

私は遠い記憶を手繰り寄せた。

あれは確か十年以上前、私たちがお化け屋敷の内装美術の仕事に従事していた頃のことだった。ある県の商店街に、夏の間のみ出店するお化け屋敷を作るため、私と妻は日夜激務に励んでいた。第二章に詳しく書いたのでご参照されたいが、端的にお伝えすると、今から思えばありえない低賃金で住み込みの長時間労働に従事し、なおかつ「やりがい搾取」ともいえないほどの、大した見返りも誉れも与えられない環境で働いていたのである。一旦書き終えた苦労話を蒸し返してまで一体何を伝えたいのかといえば、私も妻も、心身共に疲弊しきっていたのである。とにかくぼろぼろの状態であった。

そんな我々が、ふと資材の買い出しに街に出たときのこと。駅前の大型ビジョンから、あるミュージックビデオが目に飛び込んできた。黒い生地にカラフルな彩色が施された忍者衣装に身を包んだ、かわいらしい女の子が歌ったり踊ったりしていた。どうやら「にんじゃりばんばん」という曲であるらしい。もはや説明の必要もなさそうだが、その女の子こそが「きゃりーぱみゅぱみゅ」であった。

私「かっこええな。そして斬新やな」

妻「でも今の私たちの格好と似てるね」

見ると我々が着ていた黒いツナギはペンキで派手に汚れ、遠目にはその映像の中の衣装と酷似していた。

私「たしかに！」
妻「でも状況が大違いだね」
私「はあ……（大きな溜め息）いつか、こんな世界で働きたいもんやな」

言っていた。確かに、この口から発していた。この回想がなければ、ともすれば「私が妻の活動を拡散してこの場に連れてきた」という傲慢な考えに陥りかけていたかもしれない。しかし実際は「妻の実力で私をこの場に連れてきてくれた」という解釈が正しいように思えた。美術の仕事ではなくマネージャーとしてではあるが、きっと得るものも大きいだろう。残りの二十九公演に対し、私は褌だけではなく兜の緒も締め直す思いであった。

◎きゃりーぱみゅぱみゅ行脚《あんぎゃ》

ツアーが始まると、一切休む暇がなくなった。奇しくも同じ時期に、妻は妻で、自身の絵と演奏の全国ツアーを企画していたからである。その内容は全国各地で各一週間ずつ絵の展示を行い、それぞれの土地で数回ずつライブを行うというものであった。我々はすべての運営を二人で行っているため、それだけで予定がほぼ埋まっている状態である。そこに毎週末、きゃりーさんの全国ツアーへの出演が加わったのだ。妻は大阪の展示会場に簡易的な演奏スペースを作って、早朝から開場前まで練習して、そのままきゃりーさんの京都公演に出演したこともあった。また福岡の展示会場から関東に向かう自動車内で、鍵盤ハーモニカやトイピアノの練習を行い、その途中にきゃりーさんの名古屋公演に出演したこともあった。自動車という密室での楽器練習で、運転手の私は鼓膜が破れそうだったが、なんとか耳栓でしのぎ事なきを得た。覚悟していたとはいえ、二本の全国ツアーを並行して行うということは、想像以上に大変なことだった。

私はこのように、妻の巡回展に関しては絵や商品そして楽器の運搬、それに伴う長距離運転、マネージメントとプロモーション並びにライブの運営に売り子……つまりいつもどおり雑用の全てを担当していた。そしてきゃりーさんのツアーに関しても、私は妻のマネージャーとして全ての現場に付いて回った。一瞬「事務所経由の仕事なので、もしかすると事務所がマネージャーを派遣してくれるかも？」という期待も頭をよぎったが、その場合は私も存じ上げている六十代の女性マネージャー、もしくは社長自らが同行することとなる。ご年齢から考慮するに、さすがに二人分の荷物と練習用の楽器を持って全国三十か所を回ることは不可能だろうという判断から、私は半年分の週末を、妻に捧げる腹を決めたのであった。

そして両方の全国ツアーが終わるまでの半年間は、かつてないほど忙しく、そして濃密な時間であった。他者と意見が衝突することも多かったし、心が折れそうになったことも何度もあった。しかし今こうして述懐できているということは、どうにかこうにか無事終えられたということである。

◎主君からの褒美

最後に妻が私に支払ってくれた報酬について記す。予定をこなすことを最重要視し、自分のマネージメントに対する対価という意識が抜け落ちていた。こういう抜けた姿勢が、これまでの私を手元不如意に追いやってきたのかもしれない。しかしどう考えても、お金などどちらかが持っていればよくて、わざわざ妻が得た出演料から私にマネージメント料を支払ったところで、家の中でお金が移動するだけである。そう伝えて受け取りを辞退したところ、妻は「**じゃあ現物支給で**」と言って、七十万円もする日本刀を一括で買ってくれた。居合道を学んでいる私に対し「**持っていたほうがいいと思って**」という意図であったらしいが、どちらにせよ、より頭が上がらなくなった。そして褒美に日本刀を下賜されるなんて、もはや弟子というより家臣のようだなと思った。御恩と奉公。私は一生この主君に付き従う決意を固めた。

日本刀を持つ妻。

やっとプロになれた？

きゃりーさんのツアーから時を経ること約二年、我々は自分たちにとって過去最大である、数千人規模の公演を企画した。妻ふくしひとみの、東京大阪二都市におけるホールコンサートである。企画当初は「身の丈に合わない大きな会場を選んでしまったかも」と不安にもなったが、結果としては大盛況のうちに会を終えることができた。そしてその公演は観客動員数だけではなく、内容も過去最高であったと断言できる仕上がりであった。二年前に感じていた「本当に目標を達成したと言い切るなら、妻自身のファンでホールを埋めなければならない」という課題をなんとか達成できた形となったのだが、実は公演前の半年間、私と妻はずっと地獄の底にいるような気分で過ごしていた。ここではその経緯を振り返り、今後我々がどのように振る舞っていくべきか、その指針を模索していきたい。

コロナ禍もやや収束の兆しが見えた頃から、私はプロデューサーとして、妻の単独公演に力を入れ始めた。そして時期を同じくして、これまでずっと妻と私の二人体制だったところに、別の男女を介入させることになった。当初はその仕事ぶりに、我々も非常に満足していた。彼らが芸能の大舞台での経験が豊富であったことも、非常に頼もしく感じていた。

しかしそんな日々も長くは続かなかった。ちょうど一年を過ぎた頃、二人の一方が突然、後から大きな仕事が入ったので、我々とのリハーサルには出られないと言い始めたのである。そしてようやく日程を合わせられたリハーサルも、十分に確認ができないまま、もう一方に早々に切り上げられるなど、二人の誠実とは言えない対応が続くようになった。そんなに忙しいならと代役も提案してみたのだが、「他の人に譲る気はない」と感情的に訴えられ、私も妻もどうすればいいか分からなくなってしまった。ただ、芸能人やアイドルのコンサートのような大舞台ではなくとも、一緒にいいものを作ろうという気でいたし、彼らの仕事に敬意を払い、報酬も十分に用意していた。信頼していた二人なだけに、我々が抱いた感情は怒りというよりは困惑、困惑というよりは悲しみの占める割合が大きかった。

こうした不具合によるストレスで、妻のコンディションは心身共に過去最悪であった。公演間近に吐血するなど、とても見ていられない状態であった。医者に見せても

「原因不明なのでおそらくストレスのせいだろう」という曖昧な診断結果しか得られなかった。しかし本番まで一か月を切っていたので、もはやスタッフを変えての開催は不可能である。また妻に公演の中止を提案しても、却下されるであろうことは目に見えていた。結局「公演が終わるまでの辛抱だ」と自分たちに言い聞かせ、なんとか耐え忍ぶことにした。

そして今だから言えることではあるが、妻は本番の「方言ラップ」直前に血がこみ上げてきたので、血をゴクゴク飲み込みながらラップを披露したというから、そのプロ根性には脱帽ものである。

そして公演最終日。直前リハーサルの定点動画をチェックし、これで大丈夫だと迎えた本番。脚本と総合演出である妻が想定していたフィナーレは、照明を最大に上げたハッピーエンドであったが、なぜか本番のみ照明を落とした暗い演出に変えられ、さながらバッドエンドの様相を呈していた。そしてカーテンコールにおいては、当初主演ではない二人の出演者は仮面を着用して出る予定であったのだが、なぜかその仮面は二人の独断で外されていた。舞台演出を任せていたとはいえ「ラストの印象を真逆にする」「バックダンサーが勝手に仮面を外して素顔になる」ほどの大きな変更が、主催の私にも主演の妻にも、一切断りなく行われていたのである。そのフィナーレは我々にとって大変不本意であり、そして大変ショックな出来事であった。それを受けて我々はとうとう、二人との決別の意思を固めたのであった。

いくら過去を振り返っても、失礼な依頼だったり、お金を出し渋られたり、作品を燃やされたり……と、いろんな憂き目に遭ってはきたのだが、今回ほど苦しかったことはなかった。これまでの表現活動の集大成と意気込んで挑んだ公演であったが、彼らは我々の現場を、ぞんざいに扱っているようにしか感じられなかった。そのたびに自分たちの表現が無価値なもののように感じられて、ひたすらやる気を削がれていた。そしてはなから信用していない人間が相手ならいざ知らず、一時は味方、いや友人とまで思っていた人間に不可解な態度を取り続けられたことは、我々の十数年の活動において、過去最大の悲しい出来事であった。

とはいえその二人のおかげというか、といっても我々が勝手にがんばっただけなのだが、集客数を大幅に伸ばせたという結果もある。「大舞台で仕事をしていた二人を、ずっと小さなステージに関わらせるのは申し訳ない」という強い思いから、私は以前にも増して集客に力を入れるようになっていた。そしてその体制で始めたときは二百人でも苦戦していたものが、半年後には五百人、一年半で数千人規模の公演を開催することができたのである。

それではこの流れで、彼らによって我々にもたらされた恩恵についても挙げていきたい。まず基本的に仕事自体はこなしてくれていたし、第三者の視点が入ることによってステージに奥行きができた。そしてシュールに陥りがちな妻の世界観に、伝わりやすいエンターテインメント性を加味し、客層の幅を広げることができたのではないかと思う。

ここまで気の滅入る話を長々と書いてはきたが、何度その公演の動画を見返しても、それでも公演自体のクオリティは確実に高いのである。冒頭の「内容も過去最高であった」という言葉に嘘偽りはない。それだけに、態度や認識のすれ違いによって、このような結果になってしまったことを心底残念に思うのである。そして私のマネージャーとしての姿勢が徹底していなかったせいで、妻に余計に負担をかけてしまったという自覚もある。今後はどんなに自分が悪役になろうとも、妻を蔑ろに扱う者には、毅然とした態度で向き合おうと決心した。

ここまで書いておいて矛盾するかもしれないが、この文章は告発でもなければ意趣返しでもない。我々が二度と同じ轍を踏まぬよう、対策を講じるための考察である。もちろん「自分たちが、いわゆる気難しいアーティストと化しているのではないか?」

という不安も常に抱いている。しかし関わる人間が増えてくると、「妻の表現を守るためにはどうしても譲れないものがある」という自分の姿勢が明確になってきた。こうして今後も我々夫婦は、より孤独な「異界」へと没入していくのであろう。

それでは他者に、無意識とはいえ軽く扱われないためにはどうすればよいか。本当はそんな世俗的なことなど気にせず、表現のことだけを考えていたいものであるが、このままではそれは叶わない。夢のない話になるが、そのためにはまず金銭、そして客観的な評価が必要なのではないかと思う。客観的な評価とは、具体的にいうと知名度、ファンの数、そして観客動員数である。そのためには私が今にも増して妻の実力を宣伝拡散し、活動規模がより大きくなるように、プロモーションを続けていくしかないのである。

何も我々は、祭り上げられて偉そうにしたいわけでもないし、ましてや有名になることを目標に活動しているわけでもない。もはや理想論かもしれないが、誰にも邪魔をされない雑音のない環境で、妻には純粋に自己表現に没頭してもらいたいだけなのである。結局「活動規模の小ささ」がネックとなって他者に不当に扱われ、表現活動に支障をきたすというこの状況は、ほとんど集客力がなかった頃と全く変わっていない。ただ仕事で関わる人間が「ほぼ趣味で活動している一般人」から「大舞台で活動するプロ」に変わってきたせいで、問題が起きたときの苦難が、昔とは比べ物にならないほど大きく感じているのである。まるで、ストーリーが進むにつれどんどん強大になっていく、ロールプレイングゲームのモンスターのように。こちらがいくらレベルアップしても追いつかない。

そしてもうひとつの解決策は至ってシンプルで、我々の本来の姿、妻と私の完全二人体制に戻すことである。そうすればおのずと他者との軋轢は生じようがなくなり、これは我々夫婦にとっての原点回帰ともなる。同じ課題を堂々巡りしているようにも見えるが、今回に関しては「やはり自分たちは他者と相入れない」と悲観しているわけではなく、他者との関わりを経て「自分たちに何が必要で何が不必要か」がはっきりしたように感じている。人に寄り添おうとしたあの期間は、決して無駄ではなかった。ただ「あの頃の公演が一番良かった」とだけは評されないように、以降の公演はより気合を入れて臨まなければならない。

このように、ひたすら苦しかったこの公演であったが、得られたものは非常に大きかった。集客数において過去最多であったことは先に述べたが、床が迫り上がってフクロウ（妻）がゆっくり登場したり、タヌキ（妻）が腹鼓を打ち鳴らしながら花道から登場するなど、私が夢の中で思い描いていた光景が現実のものとなった。年中雨戸を締め切った、薄暗い家の中。その「異界」でのみ披露されていた妻の表現を、非常に多くの皆様に見ていただくことができたのである。みんな笑っていた。妻を「おもしろい」と思っていたのは、私だけではなかったのだ。

また各界から著名な方々がご来場くださり、私の想像を大きく超えて、妻が広く深く評価されていることを知った。公演後その一人一人から丁寧なご感想をいただき、改めて「妻の表現を私が守っていかなければ」という強い思いが芽生えた。

そして最も驚かされたのは、妻の両親が初めて妻の公演に来場したことであった。そこでなんと、これまで一度も我々の活動を認めてくれたことがなかった義父が、妻に「プロになれてよかったな」と声を掛けたのであった。一生得られないだろうと諦めていた、まさかの義父からの評価。

しかし数千人規模の公演を行ってやっとプロと認められるなんて……。私は心の中で「プロのハードル高すぎだろ！」と突っ込まずにはいられなかった。

そして妻が「**今までもずっとプロでやってたんだけどね……**」とつぶやくのを、私は聞き逃さなかった。

五、結

異界夫婦の結婚指輪

婚姻届を提出していない我々は、関係性としては「事実婚」ということになる。我々が入籍していない理由は、第一章「妻は飲み友達」に書いた「当初お互いの周囲が全く我々の同居に賛同してくれなかったことと、我々自身が法的な届出に意味を見出せなかったこと」という文章に、その全てが集約されている。それではなぜ、周囲が全く我々の同居そして結婚に賛同してくれなかったのか。もはや説明の必要もないかもしれないが、あえて順序立てて書き出し、自らの心の傷を抉ってみようと思う。

自分の周囲の人間を観察するに「結婚」するためには、段階を経る必要があるようである。それを順番に挙げてみよう。

①人と人が出会い一方もしくは双方が好意を抱く。
②多くの場合は口約束により交際を開始する。

③一方から他方へ婚姻関係を結びたい旨を伝える。
④双方の合意によって婚約が成立する。
⑤両家へ赴き親族の許可を得る。
⑥婚姻届を役所へ提出する。

それでは我々は、どこまでこの課題を達成できたのだろうか。

①出会っておそらく互いに好意を持ったので、合格。
②「付き合う」「恋人同士になる」という言葉は一切交わしていないため、不合格。
③どちらからともなく「いろいろ不便なので籍を入れたほうがいいかも?」という話になる。つまりいわゆる「プロポーズ」は行っていない。不合格。
④前の項目をクリアしていないため婚約関係というものを意識したことすらなかった。不合格。
⑤私の母は私の人生に全く興味がないため、ただ「面倒くさい」という理由で妻に会うことを拒否。また妻の実家に赴いたが、私の収入の少なさと安定の無さを理由に、結婚の許可は得られず。大不合格。
⑥届出に意味を見出せず未提出。不合格。

自分でも驚きの結果である。達成していたのは最初の一項目のみ。これでは出会ってただ一緒に住んでいるだけではないか。しかし②〜④はすべて口約束、つまりお互いの意思の問題なので、関係性によっては端折ることもできるだろう。問題はやはり⑤である。結婚というものは二人だけの問題ではなく、ある家が別の家と結びつくための儀式でもある。交際から結婚へ移行する一番の壁は、多くの場合この段階なのではないだろうか。

◎私と妻、それぞれの両親

今から思えばあまりに若く、甘く、未熟な考え方でお恥ずかしいかぎりなのだが、当時の私は自分に「誠意」さえあればどうにかなると考えていた。「お宅の娘さんを一生大切にします」という気持ちさえ伝えることができれば、もちろん大歓迎はされないにせよ、話が「始まる」と思っていた。しかし現実はスタート地点にすら立つことができなかった。当たり前である。

職業は何をしているかと問われれば「妖怪絵師です」と答え、収入源を尋ねられると「お化け屋敷を作ってます」と答えた。そして交通費を節約し、搬入用の軽トラックに妻を乗せて、東京と東北を行き来していたのである。妻の両親は「今の状況だと結婚は無理だろうが、交際には反対はしない」という、今から思えば大変に寛大な対応であった。逆の立場だったらそのように振る舞えた自信はない。

両親が手塩に掛けて育てたであろうことは、妻の多才さを見ても疑う余地はない。ピアノの英才教育に関しては言わずもがな、私よりずっと勉学に秀でていて、英語も流暢に話せる。またスポーツは何でもできて、書まで嗜んでいる。さらには家事まで完璧に教え込まれていて、何年も飲食店で働いていた私より、はるかに調理技術も高い。前述したように若干スパルタ教育のきらいがあったようではあるが、その熱意がなければ、妻は現状の仕上がりではなかったであろう。

婚姻関係を結ぶことにこだわってはいなかったが、そんなことすら認められないようでは、人生が前に進まない。私は妻に釣り合うとまではいかぬまでも、せめて人並みの収入を得て、法律上も妻の伴侶として認められうる人間になろうと、その志を新たにした。そこで収入の増加と安定を求めて行き着いた答えが、第二章でも挙げた「狐面制作」であった。ご指摘、お叱りの必要はない。さすがに今は理解できている。自分の行動選択が異常であったと。「妖怪絵師」や「お化け屋敷」から「狐面」への移行で、世間から見て一体何が変わったというのか。しかし当時の私はそれでも必死だったのである。日夜「狐面」を作り続けることで、ほんの少しではあるが収入が平均に近づきつつあった。そしてそこに至っても認識が甘かった私は「もしかしたら今なら受け入れられるんじゃないか」と期待したが、やはり妻の両親に結婚を認められることはなかった。当たり前である。

他の項では便宜上「義両親」と表記してはいるものの、もちろん向こうは今の今まで私を義理の息子などとは認識していないだろう。受け入れられない現状について恨めしく思ったこともあるが、今は関係性をどうこうしようとは思わない。私はどこまでいっても義両親が望むような真っ当な人間にはなれないが、妻という人間を育んでくれたことにだけは感謝し、ひたすら妻を大切にすることで恩返しできればと思っている。

それではもう一方の、私の両親についても言及しなければならないだろう。それに伴い、まずは私の生い立ちから説明しようと思う。

お見合いを経て半ば強制的に結婚させられた私の両親は、約六年間でその結婚生活に終わりを告げた。その間に私と妹をもうけはしたのであるが、後の言動から判断するに、二人の間に愛情のようなものが芽生えることは、終《つい》ぞなかったようである。私は両親の別居により五歳まで住んでいた東京を離れ、母親の実家がある香川県で十八歳まで過ごすこととなった。そして祖父母宅にて母に育てられたのであるが、母は親類縁者から「人間の皮をかぶった鬼」と呼ばれるほど気性の荒い人間であった。そのため私は幼い頃よりずっと、母親の暴言と暴力に晒され続けて育った。さすがに私が長じるにつれ肉体的な暴力は減っていったものの、十八歳で家を出るまでその暴言と人格否定は続き、その影響は確実に、今でも拭い去れない「自己肯定感の低さ」や「自虐性」に繋がっているように感じている。ただ全てのバックボーンは妻の弟子である現状の私を形作る、重要な構成要素ではあったと思うので、その存在と過去を否定はしていない。母を愛してはいないが、もはや憎んでもいない。遠い所で、せめて心穏やかに暮らしていてくれたらと思う。

そういった理由から母に義理立てする必要もなかったので、長じた私は進学のため、東京で父と一緒に暮らすことにした。結婚に気乗りしなかった両親が、せめて住居ぐらいはと、無理をして大きめの家を建てたという。そして十数年ぶりに訪れたその東京の自宅には、ずっと父親が一人で住み続けていた。しかしその大部分は使用されておらず、さながら廃屋の様相を呈していたのである。どこが壊れているというわけではないが、何やら空気が澱《よど》んでいて、入室がためらわれる場所が多かった。妻が同居するまで、私は自分が生活できる最小限の範囲を片付けて、大きな家の中でこじんまりと暮らしていた。そう、そして今も、その家に住み続けているのである。今我々夫婦が暮らしている異界は、私が生まれ育った実家なのである。

◎この家には、もう一人いる

そして今から言及する私の実父について、まさに後出しも甚だしいが、実は同居しているのである。ただし同居といっても、多くの方が想像する同居とは少し様子が違う。母が「狂人」といった風情であったことに対して、父はどこに出しても恥ずかしくない「変人」である。我が家はほぼ二世帯住宅のような構造のうえ、父は地下室にこもって出てこないので、顔を合わせることが数か月に一度ほどの頻度なのである。では父は地下室にこもって何をしているのかというと、何かの「研究」を続けている。今はもう退職して久しいが、かつてはある研究職に従事しており、何かの「研究」がライフワークであり趣味であるようなのだ。そして他人と関わることを極端に嫌う。

それだけだと研究者にありがちな偏りであるように思うが、風貌からして異様で、最近は家の中でヘルメットをかぶって生活しているが、その理由は怖くて尋ねられない。また最近、父は食べ終えた竹輪の包装袋をきれいに畳んで、かなりの数を積み重ねていることを知った。豆腐パックやトイレットペーパーの芯を積み重ねる私の習性の元となった、言うなれば遺伝子の「業」のようなものを目の当たりにし、なぜか大変に気が滅入ったものである。

しかしこの父親、「変」であること以外には無害な人間であった。子に興味がないくせに積極的に攻撃してくる母親とは違い、同じく子を含む全ての他人に興味はないのだが、事なかれ主義で一切関与したがらない。そして妻を我が家に住まわせようと相談した際の反応はこうであった。

「ああ、そう、ご自由に。それでゴミ出しの件だけどね……」

つまりお互いの両親の中で、我々の同居に唯一反対しなかった人間なのである。そのまま、今の今まで我々の関係性には特に言及されず、同じ家屋内で一緒に暮らし続けている。無害どころか、住む場所を得られているという点では、私も妻もずっと助けられてきた。ほとんど収入が得られなかった時期も、住む場所があったから、なんとか食いつないでこられたという事実は疑いようがない。今の妻の活動に至る最も重要だった要素は、父の無関心と、父による場所の提供であったのかもしれない。

また、普段はあまり言葉を交わすことがない私と父であるが、かつて父がこの家についての「せっかく建てたけど意味がなかったから、せめて有効活用してほしい」と漏らしたことがあった。誰も幸せになれなかったこの家で、せめて私と妻は幸せに過ごし、この「変態ハカセ」の老後を見守っていければと考えている。

私の父を除く互いの両親は、我々の同居に賛同してくれなかったのであるが、せめて周りの友人たちは祝ってくれたのかというと、全くそうではなかった。妻は元から友人が少なかったのだが、当時の私は多くの友人に囲まれて暮らしているように錯覚していた。

「狂人」の母と「変人」の父にはもちろん友人というものは皆無で、その社交性の低さや社会性の無さが、私の行く末に暗い陰を落としているように感じており、私は対人面においては完全に、両親を反面教師と定めていた。そうすることで、私は両親とは違った幸せな生活を送れると信じ込んでいたのである。そして積極的に人に交わり、人に寄り添うことで「知り合い」は増えていった。何かを企画した際は人を集めることができたし、人の呼びかけにもできるかぎり応じていた。そのようにして二十代の私は、一見華やかで賑やかな生活を送っていた。

そんな私に訪れた転機は、やはり妻という人間の出現であった。もちろん自然な流れで、友人たちに「彼女ができた」と紹介することとなった。すると私が友人だと思っていた知人たちはこぞって「こいつのどこがいいの?」と妻に尋ねるのである。さらに酷い場合は、私が席を外した隙に「絶対やめといたほうがいいよ。遊ばれてるだけだから」などと言い含めたりする始末である。私は私が人を好きであることと同様に、人もある程度は私を好意的に捉えてくれているのではないかと、勝手に思い込んでいた。しかし私は悲しいかな、彼らの多くにとってただの観察対象であって、友人ではなかったのである。「なんか変わってて笑えるから一緒にいる」ような人間、つまり私が、普通に恋人を作って幸せになろうとしても、何もおもしろくなかったのだろう。私はほぼ全ての人間と縁を切り、当時心身共に不調を抱えていた妻と、二人だけの生活に突入した。

周りに全く味方がいない。何かあっても相談できる人間が皆無である。これまでの自分の半生は一体なんだったんだと、悔しくて仕方がなかった。他者に侮蔑されたり、疎外されることのないよう、私はただ普通に生きていけるようになりたかったのであるが、ことごとく選択肢を誤ってきたように思う。思い返すと、普通に生きられない劣等感の裏返しであろうか、無自覚に馬鹿にされる態度を取り、自ら侮られる立場に身を置いてきたのであった。尊敬、尊重されようとは思わない。せめて人並みの人間になりたいと、より強く希求するようになった。私が犯した最大の間違いは、集団に所属しようとしたことである。私の生き方の方向性は、とっくの昔に両親が差し示してくれていた。「狂人」と「変人」のサラブレッドであるところの私は、どうやら「狂変人」として、孤独に生きていく以外に道はないのかもしれない。今更ではあるが、妻というパートナーが現れただけでも奇跡である。

その点妻という人間の態度は一貫しており、全くぶれる様子を見せなかった。幼い頃からピアノや勉強そしてスポーツの練習で忙しく、他者と仲良くする時間がなかったため、人と仲良くしたいという願望が、今の今まで皆無なのである。未熟だった私は「そんな生き方楽しいか?」と思いもしたが、長く活動を続けるうち、人とつるんで何も得なかった私と、孤独に努力を続け技術を身に付けてきた妻の対比が、徐々に詳らかになってきた。そして私は、より私の生き方を悔い改めずにはいられなくなった。それでは今回も妻の発言集を紐解き、当時の私の心に染みたものを挙げてみよう。

「ひとりでいられない子は何をやっても上達しないよ。努力してるときはみんなひとりぼっちだから」

「ひとりでいるってことは、コミュニケーション能力が無いからだと思っていたけど、最近はひとりでいるっていう選択が出来るっていうのも、コミュニケーション能力だなと思う」

単純に私は努力が足りない。人とつるもうとしていただけで、結局何もやってこなかった。しかしこうして腹が据わった私は、孤独であることに抵抗がなくなった。思えば父も夫婦生活は成功したとは言いがたいものの、ひたすら大好きな「研究」を生業にし、老後もそれをライフワークとして続けられるなんて、それはそれで大変に幸せな人生だったのではないかと、自分の考えを改めることとなった。

こうして孤独に徹し、物を作って売ったり妻の宣伝をしたりするうち、程なく反響を得るようになって今に至るのである。　そして定期的に「バズる」ようになり、一気に世間の評価は高くなった。「うらやましい」「理想の夫婦」など、身に余るお褒めの言葉をいただくことすら多くなったのだが、私は自身の人間性を鑑み、ひたすら恐縮していた。そしてその「バズり」が翻り「炎上」してしまうと、不特定多数から誹謗中傷を受けることになるのだが、そうなると心のどこかで「自分なんかは批判されて当然だ」「やはりこれくらいが丁度いい」という諦念が浮かぶこともあった。

◎狐面の結婚指輪

拡散力が高まった結果、ありがたいことにお仕事のご依頼も増えたのであるが、あるときそれらの中に「アクセサリープロデュースのお願い」という一通のメールが目に留まった。

それまでは基本的になんでも自分たちで作って販売してきたのであるが、アクセサリーなどの専門的な技術が必要な商品は避けざるを得なかった。妻と「いつか作りたい」と話し合ってはいたものの、なにぶん孤独に生きてきた妻と、孤独に気付かされた私である。こちらから誰かに依頼するほどのコミュニケーション能力を備えていなかったし、そこまでして作る気にはなれなかった。つまり「声が掛かるの待ち」状態であったともいえる。我々は大変ありがたい気持ちでその申し出を快諾し、打ち合わせに向かった。

そこで何件かアイデアが挙がったのだが、協議の結果、妻の別人格である「ほくろう」と、これまで作り続けてきた「狐面」をモチーフにしたアクセサリーを制作していただけることになった。そして妻の絵のタッチを私がデザイン画に起こし、約一年かけて商品の完成に至った。こうして完成した狐面モチーフの指輪を見た妻はこう言った。

「結婚指輪にしようか」

周囲から全く祝福されなかった私と妻は入籍すらしなかったし、もちろん誰も来ないであろう結婚式など挙げる気が起きなかった。結婚指輪に関しては、頭をよぎりもしなかった。

そして孤独に活動を続けてきた我々は何年もの間、二人で狐面を作って売り歩くなどしてなんとか生計を立てていた。そこから時を経ること十年以上、様々な紆余曲折があったが、お陰様で今では妻のパフォーマンスと私の美術をご覧くださる方も増え、なんとか表現活動だけで生活できるようになった。大変ありがたいことである。そして今回のアクセサリープロデュースにより、狐面の指輪を作ることができた。奇しくも我々の生活を支えた狐面、そのモチーフのリングが、我々の結婚指輪代わりとなったのである。

変な人はおもしろい？

「異常な人はおもしろいことが多いから、異常であることがおもしろいと思われがちではあるけれど、普通でおもしろいのが一番良い。一番見るに堪えないのは、凡庸な自分から脱却したくて、おもしろくもない異常行動を取りたがる人たちである」

いつだったか、妻が発した言葉である。

今更ではあるが、世間から見た私たち夫婦は、どうやら「変わっている」らしい。さすがに自分たちでも「ちょっと一般的な生活とはかけ離れているかも？」と思うことはある。

確かに変な人はおもしろい。そしておもしろい人は変であることも多い。常識外れな人間は予想外の行動を取るため、一緒にいると精神状態が乱高下するから、ジェットコースターに乗っているような快楽が得られるのかもしれない。そして若い頃はより、交友関係に「おもしろい人」による刺激を求めるきらいがあるものである。
しかし妻に出会ったころの自分を振り返ると、当時の私にはすでにそのような「吊り橋効果」を楽しむほどの若さはなく、平穏を求める年齢に差し掛かっていたように思う。度を超えた妻の奇行（夢と現の境目が曖昧でよく分からないことばかり口走る、自らの絵画作品の仕上がりが気に食わずキャンバスを叩き壊して暴れる等）に悩まされ、正直不快に感じることも多かった。とはいえそれはお互い様であったようで、場合によっては私のほうが非常識であったりもしたので、妻も私にいろいろと不満を抱いていたようである。そのように日々喧嘩を繰り返しながらも、そんなことすら芸術における糧になっているような気はしていた。しかし常に二人でいるものの、心の中ではそれぞれ孤独と戦いながら活動を続けていた。

変な行動を取る人間が必ずおもしろいかといえば、その限りではない。それは世に数多見られる炎上系の配信者にしてもそうであるし、世間との価値観がずれていては人をおもしろがらせることはできない。逆に不快感を与えてしまうのである。かつての私がそうであったように。

これまでの記述の端々から窺えるかもしれないが、私という人間は美術家を標榜し続けてきたにもかかわらず、実は本当の意味での表現欲というものは持ち合わせていなかった。それでは何を求めて活動を継続してきたのかというと、それは「他者の要望」という必然性であった。幼い頃から、なぜか強烈に「人を楽しませたい」という願望だけが備わっていたのである。これまで一部の人間は、私の言動をおもしろがってくれたようにも思うのだが、同時に不快感を抱かれることも頻繁であった。私の価値観もまた、世間と大きくずれていたためであろう。

そして私の「人を楽しませたい」という誰にも求められていない欲求は、若き日の私を大いに苦しめていた。他者と生活を共にする才能が皆無なのに、その欲求を満たすためには他者の存在が必要不可欠であったためである。しかも私がその手段として用いたものは、例えば自虐だったり、揶揄《からか》いだったり、下ネタであったりと、想像力のない人間特有のものであった。そのような姑息な手段に頼らざるを得なかったことは、今思い返すと非常に恥ずべきことである。そこで出会ったのが、先に挙げた妻の言葉であった。私に向けられた言葉ではなかったのだが、その一言一句が私の心にぐさぐさと刺さった。

二人で活動するためには、自分は元より仲間である妻の宣伝も行わなければならない。当時はお互いの作品や出展情報などを宣伝し合っていたのだが、そこであることに気づいてしまった。私自身の表現には、宣伝するに足る魅力がないことに。そんなことは主観の問題なのだが、自分を一切「変」だと思っていない「真の変人（妻）」が身近にいたため、私自身の表現を客観視せざるを得なくなってしまったのだ。そして心が折れたのである。しかし表現者として妻に屈し、当初はその義務感から行っていた妻の宣伝は、いくらでもそれを盛り立てる言葉が浮かんできた。自らの劣等感によって封じ込められていたエネルギーが、一気に解放されたような感覚を抱くことすらあった。

そして妻を観察し記録するうち、自分だけが楽しむにはもったいない表現だと思う気持ちが日増しに強くなり、なんとか世間に知らしめなければという使命感に駆られて発信を続けた。すると「ずっと引きこもっていたけど、ふくしさん（妻）の動画を見て外に出られるようになった」「フクロウ（妻）の歌に勇気づけられた」「つらいことがあって死にたくなっていたけど、タヌキ（妻）の踊りを見たらどうでもよくなった」などという想定していなかった感想を、インターネット上で、またライブにいらっしゃった方から直接、お伝えいただくようになった。私は私の行動によって、やっと人に喜んでもらえたのである。

妻の笑いは、誰も傷つけない笑い※である。ただ複数の楽器を同時に演奏しているだけだったり、フクロウがひたすらネズミの歌を歌っていたり、タヌキが踊ったり方言でラップを行ったりしているだけなのである。もちろん人々に直接笑顔をもたらしているのは、妻自身の感性であり、そのパフォーマンスである。しかしこれまで人に迷惑しか掛けてこなかった自分という人間の行動が、たとえ間接的にとはいえ、人を笑わせることに繋がるとは思いも寄らなかった。これを自己実現が叶ったと捉えるなら、その勝因は「孤独に徹した」ことである。つまり誰とも仲良くなろうとせず、不特定多数に対して発信を行い、見返りを求めない生活を何年も続けたことである。人生前半の敗因である「人と仲良くなろうとした」ことと、実に対比的な結果である。

※かつて一度だけ、ペットとしてネズミを飼っているという方から「『ネズミがたべたい』という歌詞に正直腹が立っています」という抗議のコメントを頂戴したことがあったが、具体的にネズミの命を奪いたいという話ではなく、「オオカミとヒツジ」や「ネコとネズミ」と同じような対立概念として、「フクロウとネズミ」によって世界の有り様を描いていると理解していただきたい。

自分の「向き不向き」を把握することは、学業、運動、仕事、婚姻、出産など、どの行動選択においても非常に重要であるが、これだけはほぼ結果論である。よほど明確な優位性でも持ち合わせていないかぎり、自分が何に向いているかなんて、事前には分かりようがない。いずれにせよ「やってみなければ分からない」のである。しかし自身の半生を振り返ると、私に足りなかった要素は確実に「孤独」であった。いつだったか、前項でも挙げた「**ひとりでいられない子は何をやっても上達しないよ。努力してるときはみんなひとりぼっちだから**」と言う妻の言葉を聞いて、私はその確信を強めたのである。世間に寄り添おうとするから大変なのであって、他者の評価など脇目も振らず、ひたすら自身の奇行（本人はそれを奇行などとは思ってもいない）に没頭している人間は、もっとも表現純度の高いアーティストであるといえる。それが妻という人間なのである。

これまで書いた文章を振り返ると、徹頭徹尾、同じようなことしか書いていないような気もする。「自分はいろいろと間違っていた」「しかし妻の言葉で目が覚めた」「そして妻のサポートをすることで状況が好転した」といった内容の繰り返しである。読者の中には「こいつ奥さんに洗脳されているんじゃないか？」という疑念を抱く方もいらっしゃるかもしれない。しかしもちろん、そのようなつもりはない。いや、これが洗脳なら、洗脳されていてもいい。一見楽しそうに見えて、地獄の中にいるような感覚で過ごしていた昔の自分に戻るぐらいなら、心地良い妻の洗脳の中にいたほうがいくらかましだ。多くの人間を救っている宗教でさえ、その起源は異端であり、今でいうカルト宗教のような存在であったはずである。私にとって「異端の神」である妻を崇めることに、もはや迷いはない。

また以前「共依存」という言葉を使って我々の関係性を揶揄する者もいたので、これも専門書を何冊か読んで勉強したのだが、至った結論は「ここまで利害が一致していて不具合がないなら、たとえこの状況が『共依存』であったとしても問題はない」というものであった。ましてや複数の他者がこの関係性を楽しんでくださるなら、これに勝る幸せはない。

最後になるが、何もこの本一冊を、私自身の心象の吐露や自己弁護に費やしたいわけではない。何度も申し上げているが、あえて言い方を変えるなら、この本は「ふくしひとみ」という表現活動の「派生作品」だという認識でしたためてきた。「戌一」という脇役が「ふくしひとみ」という主役を語る「スピンオフ」作品である。ここまで読んでくださった方で、妻の表現をご覧いただいていない方がいるならば、ぜひ「ふくしひとみ」という「本編」をご覧いただきたい。そしてたまに「この表現の裏側にはああいう経緯や葛藤があったんだな」と、この本のことを思い出してくだされば、私もほんの少しだけ嬉しい。

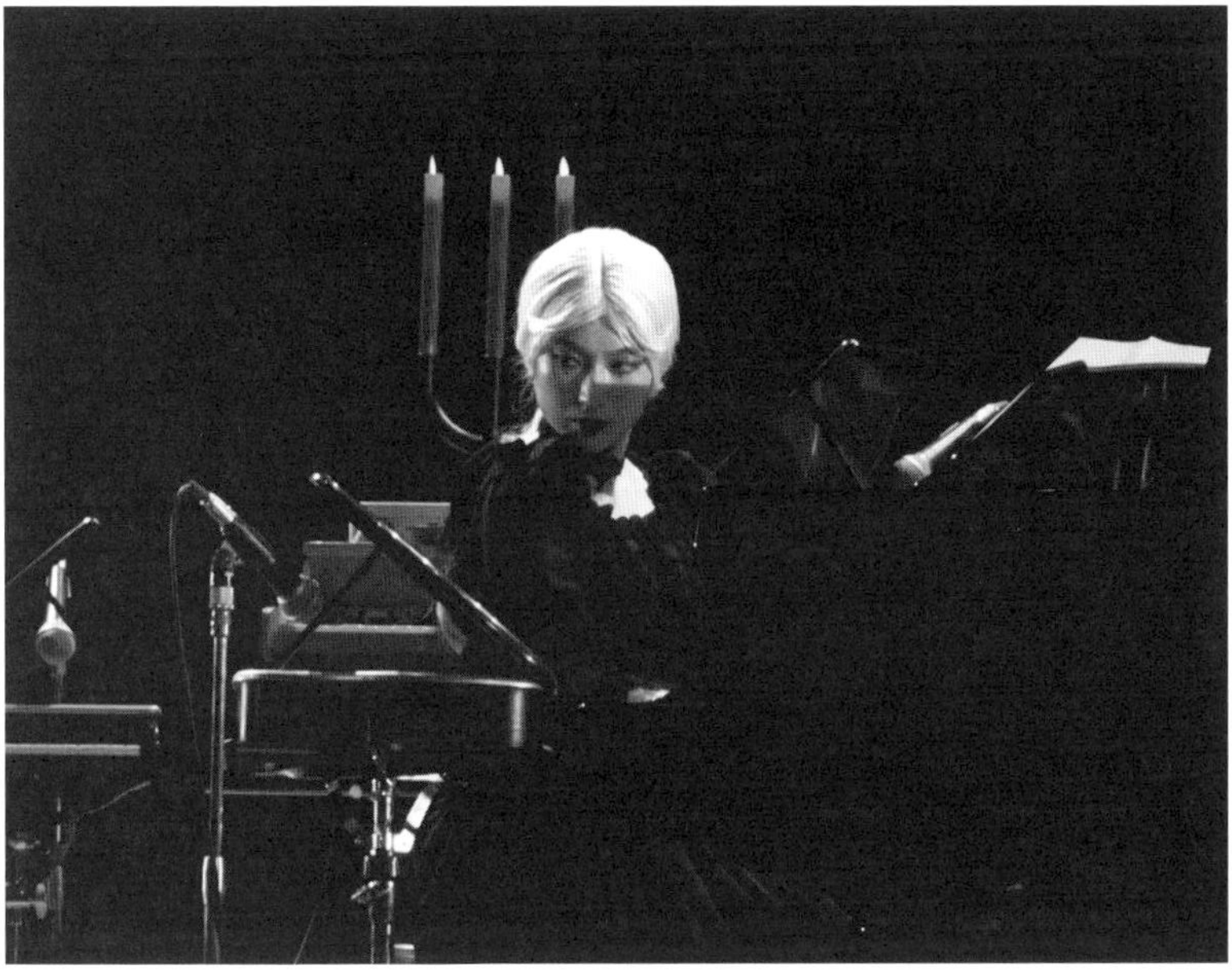

おわりに

驚くべきことに数年前まで、私の人生の主役は、なんと私であった。しかし一歩引いて、自分が直接スポットを浴びない生活の中にこそ、私にとっての真の安寧があった。それまで「変だ」「変わっている」と言われ続け、社会生活において常にはみだし者であった私と妻。そんな二人がその関係性と立ち位置を変えた結果、たまたま互いの短所がフォローされ、長所が伸ばされ、なんとかうまく生きられるようになった。というのがこの本の概要なので、この後書きを最初に読んでしまった方は、本編を読まなくていい。大体同じことが書いてある。しかし最後にこの後書きを読んでくださった方、ずっと私の駄文にお付き合いくださった方には、心の底より感謝申し上げたい。

しかし本を一冊書くという作業は、想像していた以上に大変なことであった。まず私は標準語話者ではないため、軽妙な語り口の文章が書けず、文体を模索するところから始まった。もはや東京生活のほうがはるかに長いにもかかわらず、私には幼少期を過ごした香川県の方言が染みついており、一向に標準語を習得するには至らなかった。そのため文章における感情表現に、私は常々不自由を感じてきたのであるが、元より備わっていないものはどうしようもない。インターネット上でよく目にするような、口語表現が巧みな書き手たちを心底羨ましく思った。ときには無関係な彼らに理不尽な嫉妬の念を抱きながら、私は陰気に執筆を進めた。そしてこれほど言語能力に乏しい人間が本を書いているということに不安を抱きつつ、それでもできるだけ伝わりやすい文章表現を心掛けた結果、このような堅苦しい文体になってしまった。

そしてその内容は、二人の関係性や自身の半生に向き合うというものだったため、精神的な消耗は想定をはるかに凌ぐものであった。また私は「妻の表現活動を拡散したい」と「誰にも関わらず妻と二人だけで生きていきたい」という相反する願望を抱いているため、文章を書くと矛盾する点が表出する。その整合性を取ることにも苦心したが、どちらも紛れもなく私の中にある願望なので、これからもバランスを取っていくしかない。

また自分たちは一般的ではない価値観に沿って生きているという自覚があるため、各方面に対し誤解を生まないよう、内容の精査にもっとも労力を要した。しかしそれでも、後は読み手の価値観に委ねざるを得ない。また今後、悪意によって不本意な切り取られ方をすることもあるかもしれない。「炎上」を恐れ、書きたかったが割愛した内容もあった。しかしそれを踏まえても、現状における最善は尽くせたのではないかと感じている。

そして末筆ではあるが、この本の執筆をご提案くださり、編集をご担当くださった三上真由さん、そして編集を補助してくださった筒井菜央さん、そして左右社の皆さまにも、心より御礼申し上げたい。その微に入り細を穿ちながらも、私の偏りを尊重してくださる編集姿勢は、「異界」に身を置き執筆を進める私を、現世に繋ぎ止める唯一の縁《よすが》であった。

また四十度近い猛暑の中、すばらしいカバー写真を撮影してくださった写真家の南阿沙美さん、また同じ日に、狐面からとめどなく流れ落ちる私の汗を拭ってくださったヘアメイクのカワムラノゾミさん、そして私の細かすぎる要望に、柔軟にご対応くださったデザイナーの森敬太さんにも、改めて感謝の意を表したい。

しかし「異界夫婦」というテーマでなんとか本を書き終えはしたものの、実は途中から、私はある大きな不安に苛まれ続けていた。本文にも書いたが、私と妻は婚姻届を提出していない内縁の夫婦である。そして妻は私に言及するとき、実は一度も「夫」という言葉を用いたことがないのである。一年を費やした著書の根底が、私の思い込みだったら……。勝手に同居人を妻だと思い込んで発信し続け、否定されないのをいいことに、自分たちを夫婦として本まで書いて出版しているということになる。妻はそもそも、人が間違ったことを口にしても絶対に訂正しない。後から聞いても**「面倒くさいから別に私が訂正する必要がないかなって思った」**と言うのである。「妻が！」「妻が！」とさけぶ私を、事なかれ主義の女は無視し続けたのであったら……。そうするとこの本は、大変に恐ろしい本だということになる。その場合、この妄想を生み出した私の心こそが、まさに「異界」であったということだ。

原稿を取りに来た編集者(左)を威嚇？する妻(右)。熱海にて。

戌一（いぬいち）
美術家／日本どうぶつの会代表
東京都生まれ香川県育ち。「妖怪絵師」として活動中、後に妻となる「ふくしひとみ」と出会って意気投合し、程なくその活動と生活を共にするようになる。そして二人で「日本どうぶつの会」を立ち上げ「どうぶつ」を題材にした表現活動を行う。活動を続けるうち、ふくしに神性を見出し帰依。妻の一番弟子となり、以降はマネージメントとプロモーションを担当。現在は妻の公演における美術や衣装も手掛けている。

異界夫婦

二〇二四年九月三〇日　第一刷発行

著者　戌一

発行者　小柳学

発行所　株式会社左右社
〒一五一-〇〇五一　東京都渋谷区千駄ヶ谷三-五五-一二
ヴィラパルテノンB1
https://sayusha.com/
TEL　〇三-五七八六-六〇三〇
FAX　〇三-五七八六-六〇三二

装幀　森敬太（合同会社 飛ぶ教室）

写真　南阿沙美（カバー・扉）

メイク　カワムラノゾミ

印刷所　創栄図書印刷株式会社

ISBN 978-4-86528-430-0